빛의 영역

光の領分

빛의 영역

쓰시마 유코 지음

서지은 옮김

마르코폴로

목차

1. 빛의 영역

벽마다 창이 있는 집이었다.

4층짜리 건물 꼭대기 층에 있는 그 집에서 1년 정도를 어린 딸과 단둘이 살았다. 한 세대가 한 층을 전부 쓰는 구조로 옥상을 포함한 4층은 거주용 공간이었고, 1층에는 카메라 가게가 있었고, 2층과 3층은 반씩 나누어 사무실로 임대하고 있었다. 한쪽은 부부 둘이서 순금 제작 문장을 주문받아 명패나 액자로 만들어주는 가게였고, 또 다른 쪽에는 회계사무소와 뜨개질 교습소가 있었다. 큰길과 접해있는 3층 사무실은 내가 그 건물에 사는 동안 계속 비어있었다. 아이가 잠든 밤이면 종종 그곳에 몰래 들어가 창문을 열고 4층에서 보는 것과는 다른 바깥 풍경을 물끄러미 바라보거나 텅 빈 사무실 안을 홀로 거닐고는 했다. 그럴 때면 아무도 모르는 나만의 비밀장소에 와 있는 듯한 기분이 들었다.

내가 이사오기 전까지 4층은 건물주가 사는 곳이었다고 한다. 옥상은 4층을 거치지 않으면 올라갈 수 없는 구조라 4층에 딸린 공간이나 마찬가지였고 그곳에는 커다란 욕조가 있었다. 그 욕조를 우리가 쓸 수 있는 건 좋았지만 옥상에 설치되어 있는 물탱크나 TV 안테나 관리까지 어느샌가 내 일이 되고 말았다. 게다가 건물 입주자들이 모두 귀가한 후, 매일 밤 4층에서 1층까지 내려가 계단 입구의 셔터를 내리는 일도 해야만 했다. 하긴, 내가 입주하기 전까지 4층은 건물주가 살았던 곳이었으니 어쩌면 자연스러운 일이었을지도 모른다.

건물이 통째로 팔려 '후지노'라고 하는 꽤 유명한 여성 사업가가 건물주가 되면서 빌딩 이름이 '제3 후지노 빌딩'으로 바뀐 후 맨 처음 4층에 입주하게 된 사람이 우리 모녀였다. 어찌되었든 오래된 건물인 데다가 4층은 애당초 거주용으로 만들어진 공간은 아니었기 때문에 건물주는 월세를 싸게 내놓은 상황이었고, 당시 내게 그런 조건은 행운이나 마찬가지였다. 그때까지도 아직 남편으로 되어있던 아이 아빠와 새 건물주 이름이 같은 '후지노'인 것도 기묘한 우연이라면 우연이었다. 그래서인지 한동안 같은 빌딩 사람들에게서 자주 건물주라는 오해를 받았다.

좁고 가파른 계단을 오르면 알루미늄 재질의 문이 있고 반대쪽에는 비상계단으로 향하는 철문이 있었다. 통로가 좁은 탓에 집으로 들어가는 문을 열기 위해서는 계단을 한 칸 내려가거나 비상

8

계단 쪽 문에 몸을 기대야만 했다. 비상계단이라고는 하지만 지면과 직각으로 설치된 사다리일 뿐이라 만일의 경우가 발생해도 딸을 꽉 껴안고 계단을 굴러 내려가는 편이 생존 가능성이 더 높아 보일 정도였다.

하지만 문을 열고 들어서면 낮 동안 내내 집안 가득 햇빛이 비추고 있었다. 현관부터 주방과 거실까지 붉은색 바닥재가 깔려있어 밝은 기운이 더 느껴져 통로의 어둠에 익숙해진 눈을 한참이나 가늘게 뜨고 있어야 했다.

"와아, 따뜻해요! 엄청 밝아요!"

거실로 쏟아지는 밝은 햇빛 샤워를 받으며 곧 네 살이 되는 딸이 탄성을 질렀다.

"그러게, 정말 따뜻하네! 햇님 참 좋지?"

그렇게 말하자 주방과 거실 여기저기를 뛰어다니던 딸은 자랑스러운 듯 답했다.

"당연하죠! 엄마는 몰랐어요?"

빛의 방에서, 환경의 변화로부터 아이를 지킬 수 있어 다행이라는 생각이 들어 나는 내 머리를 스스로 쓰다듬어주고 싶을 만큼 마음이 편안해졌다.

아침 햇살이 가장 먼저 비치는 곳은 한 평 남짓한 창고처럼 자그마한 현관 옆방의 동쪽 창문이었다. 나는 그곳을 침실로 정했는데, 그 방 창문에서는 주변에 다닥다닥 붙어있는 집들이 빨래를 널어둔 베란다와 '제3 후지노 빌딩'보다 작은 건물의 옥상이 보였다. 국철이 연결된 역 앞 상가 부근이라 정원이 있는 주택은 한 채도 없었기 때문에, 주변에는 빨랫줄을 쳐놓은 베란다나 옥상에 화분이란 화분을 죄다 꺼내 두었거나, 캠핑의자 같은 것을 내놓았다. 높은 곳에서 바라보는 느낌이 제법 좋아서인지, 유카타(주: 여름용 일본 전통 복장) 차림의 노인이 종종 나와 있었다.

남쪽 창은 작은 침실과 나란히 있는 거실과 큰 방에 있었다. 그 창에서는 낡은 단층집 지붕과 바(bar), 꼬치구이 가게가 일렬로 있는 골목이 보였는데, 길이 좁은데도 지나다니는 차가 많아 언제나 경찰 호루라기 소리가 울려 퍼지는 곳이기도 했다.

서쪽 창, 그러니까 좁고 기다란 형태의 집 가장 안쪽 벽에 있는 커다란 창문은, 버스가 다니는 도로에 접해있어 해가 질 무렵이면 소음이 뒤섞인 석양이 무방비로 마구 쏟아져 들어왔다. 그 바로 아래 보도로는 사람들의 검고 둥근 머리가 아침에는 역을 향해, 저녁에는 역의 반대 방향으로 이동하는 것이 보였고, 길 건너 꽃집 앞 정류장에는 버스를 기다리는 사람들이 서성이고 있었다.

"저기는 뭐지? 그래, 불로뉴의 숲!"

내 집을 방문한 누군가와 대화를 나누듯 혼자 묻고 답했다.

프랑스 파리 근교에 있는 모처에서 따왔다는 그 이름을, 브레멘이나 플랑드르처럼 동화 속에서나 등장하는 이름 같아서 기억하고 있었다. 그 이름을 장난스레 입에 담는 것만으로도 어쩐지 설

레는 기분이었다.

거실 북쪽에는 벽장과 화장실, 옥상으로 올라가는 계단이 있었다. 화장실에도 작은 창이 하나 있어 거기서는 역과 전철이 보였는데, 딸이 가장 좋아하는 창문이기도 하다.

"버스랑 전철이 보여요! 집이랑 건물이 덜컹덜컹해요."

아이는 어린이집 보육교사와 친구들에게 자랑하듯 털어놓기 시작했다. 이사하자마자 아이가 열이 올라 일주일 정도 등원하지 못했다. 하는 수 없이 가까이에 혼자 사는 아이의 외할머니, 그러니까 내 엄마에게 딸을 맡기고 출근을 했다. 내가 일하는 곳은 방송국에 소속된 도서관이었으며, 나는 거기서 방송과 관련된 자료나 이미 방송이 끝난 프로그램 테이프 등을 정리하거나 자료 대출 등의 업무를 했다. 퇴근 후 엄마 집에 들러 9시가 넘어서까지 아이와 보내다 홀로 4층의 우리 집으로 돌아왔다. 남편에게 부탁하면 아이를 돌봐줄 테지만 차라리 내 엄마 손을 빌리면 빌렸지 남편에게는 기대고 싶지 않았다. 아니, 단 한 걸음도 이 집에 그를 들이고 싶지 않다는 편이 더 정확하겠다. 스스로 생각해도 어이없을 만큼 남편이 내 공간으로 들어오는 일에 두려움을 느끼고 있었다. 다시 남편에게 익숙해질까봐 두려운 것이다.

남편은 몇 번이나 내게 엄마와 합치라고 권유했다. 장모님도 혼자라 적적하실 테고, 여자 혼자 아이 키우는 일을 절대 만만하게 볼 게 아니니 장모님과 함께 산다고 하면 자신도 안심하고 나와 헤어질 수 있을 것 같다고도 했다.

남편은 이미 본인이 나가 살 집을 구한 상황이었고, 한 달 뒤 이사 날짜가 잡혀 있었다. 함께 살던 그 집도 그날 비워줘야 했다.

나는 어디로 가야 할지 갈피를 잡지 못한 채였다. 남편의 선언을 받아들일 수 없었던 나로선, 어쩌면 다음 날이라도 남편이 농담이었다고 말해줄 것만 같았고, '그럼 굳이 집 걱정을 할 필요가 없지 않나?' 이런 생각으로 허송세월만 했다.

"엄마 집으로 들어가고 싶지 않아. 그건 절대 안 될 말이야. 당신과의 별거를 그런 식으로 해결하고 싶지 않아." 나는 남편에게 말했다.

그러자 남편은 내가 아이와 살 집을 본인이 직접 구하겠다며 나섰다. '당신 혼자 집을 구하다간 사기나 당할 게 뻔해! 이상한 집이라도 구하게 되면 신경이 쓰여 잠도 제대로 못 잘 것 같으니까 그냥 내게 맡겨!'라는 것이 남편의 논리였다.

연일 쾌청한 날씨가 이어지고 있는 1월 말경이었다. 남편과의 부동산 투어가 시작되었다. 나는 그저 입을 다물고 뒤를 졸졸 쫓아다니기만 하면 됐다. 점심시간에 회사 근처 식당에서 남편을 만나 그 일대의 부동산을 돌았다.

남편이 집을 구하며 내건 조건은, 방 2개의 볕이 잘 들고 욕실이 갖추어진, 월세는 3, 4만엔(한화 약 35만원~48만원) 정도였다. 그런 곳은 월세 6, 7만엔은 줘야 한다며, 집을 구하기 시작한 날 첫 번째로 방문한 부동산 중개인이 손사래를 치면서 웃었다.

"실은 이 사람이 아이와 함께 살 집을 구하는 거라서요. 저 혼자라면 아무 집이나 상관없지만 가능한 제대로 된 집이면 좋겠다 싶은데……. 어딘가 마땅한 곳이 없을까요?"

남편은 그런 말을 하는 동안 내 얼굴을 흘끔흘끔 쳐다보았다. 다음날도 같은 내용의 대화가 다른 부동산에서도 이어지자 입을 내내 다물고 있던 나는 남편에게 작은 목소리로 말을 건넸다.

"욕실 같은 거 없어도 돼. 원룸이라도 상관없고."

부동산 중개인에게 직접 이렇게 말하기도 했다.

"저, 4만엔 정도의 원룸이라면 구하기 그리 어렵지 않겠죠?"

"네, 뭐, 그 정도라면……."

중개인이 그런 말과 함께 수첩을 뒤적이기 시작하자 남편은 마치 어린아이를 꾸중하듯 역정을 냈다.

"역시 넌 또 금세 포기하고 마는구나! 곤란해, 매번 그런 식은. 당장은 월세가 빠듯해 보일지 몰라도 살다 보면 결국 익숙해지는 거야. 하지만 집은 일단 살기 시작한 이상 바꾸기가 어렵잖아.…… 그럼 5, 6만엔 정도는 어떻습니까?"

"5, 6만엔 이상이라면, 특히 6만엔 전후의 집이라면 마음에 들 만한 집이 몇 군데 있습니다."

남편은 그 집을 보고 싶다고 중개인을 재촉했다. 자기가 살 집의 계약금도 내게 빌려간 남편에게 경제적 여유가 있을 리도 없고, 이혼 후 양육비를 보내줄 거라는 기대 또한 하지 않았다. '인생 리셋하고 혼자서 재출발하고 싶어.' 남편은 내게 별거를 통고하며 이런 하찮은 현실로부터 탈출할 수 있는 유일한 해결 방법은 그것뿐이라고 말했다. 그건 나도 마찬가지였다. 내 수입으로 어떻게 해서든 꾸려가고 싶었고, 혼자 사는 엄마 사정도 더 이상 모른 척하기 힘든 상황이라 월세로 지불할 수 있는 예산은 최대 5만 엔 즉, 지금까지 남편과 함께 살던 곳의 집세와 같은 금액이었다. 남편에게 생활비를 받지 않고 빚을 지지 않아도 살아갈 수 있을 정도였지만, 사실 그건 엄청 빡빡한 계산이었다. 5만엔은 내 월급의 반이 넘는 금액이었으니까.

그날은 월세 6만엔짜리 집을 소개받았다. 눈에 띄는 결점도 없고, 직장에서도 가까웠다. 애초부터 아이가 있는 세입자는 받지 않는 곳이었는데 아이가 어린 여자애고 낮 시간에는 어린이집에 가 있으니 괜찮지 않냐고 남편이 집주인에게 사정을 해봤지만 거절당하고 말았다.

시간이 지날수록 점점 집을 보는 눈은 높아져만 갔다. 어느샌가 내 월급과 맞먹는 금액의 월세도 아무렇지 않게 들을 수 있게 되었다. 불안하지도 않았고, 우습다고도 생각하지 않았다. 현실적으로 빌릴 수 없는 집을 남편과 나는 열심히, 게다가 아주 성실히 검토했다. 무엇보다 우리 둘 다 그 집에서 살 당사자라는 감각이 없었다. 남편은 그저 나를 따라온 사람이었고, 나는 남편을 따라

14

온 사람일 뿐이었다.

"오늘도 갈 거지?"

아침마다 같은 질문을 하는 것도 어느덧 습관이 되어 날씨가 좋은 날에는 더 분주하게 돌아다녔다. 그렇게 한 달에서 두 달에 걸쳐 깜짝 놀랄 정도로 쾌청한 날씨가 계속 이어졌다.

그 집 현관에는 편백나무가 한 그루 있었다. 나뭇가지가 현관과 같은 색으로 칠해진 퇴창(주: 외벽에 돌출되게 설치한 미닫이 창)을 가릴 정도로 무성했다.

"오오, 느낌 좋은데!"

"그치만 난 저 나무 별로야. 목련이나 벚나무라면 몰라도."

"노송나무가 훨씬 비싼 거라구."

복층 구조의 집으로 1층에는 퇴창이 있는 거실, 약간 어두운 세 평 크기의 방과 주방이 있었고, 2층에는 해가 잘 들어오는 다다미 방 두 개에 빨래를 널 수 있는 공간까지 있었다. 2층을 둘러보던 남편과 나는 한껏 기분이 고조되었다.

"이 집이라면 당신 친구들도 마음놓고 초대할 수 있겠는데!"

"몇 명이 와도 편하게 잘 수 있을 것 같고……."

"아이도 마음껏 놀며 지낼 수 있겠어. 나도 종종 들르기 좋고……."

"아주 마음에 들어! 내가 살고 싶을 정도야. 저 창문 앞에는 책상을 놓고……."

"그럼 책장은 이쪽 벽에 두자."

"차라리 방 하나를 내게 세 주면 어때? 월세는 잘 낼게!"

"그럴까 그럼? 대신 월세 비싸게 받을 거니까 각오해."

우리의 웃음소리가 울려 퍼지자 중개인까지 합세해 애매한 미소를 지었다.

매사 이런 식인 내가 아이와 둘이서만 살게 되다니, 절대 일어나서는 안 될 일이었다. 다시 고민하지 않을 수 없었다. 남편과 함께라면 어디라도 상관없었지만, 남편이 없는 곳은 어디라도 불안했다.

사무실로 돌아와 낮에 보고 온 그 집에서 사는 상상을 했다. 남편은 상기된 목소리로 그냥 여기로 정해버리자, 월세 걱정은 하지 말고, 부족하면 장모님께 도움 좀 받으면 되잖아 등등의 무책임한 말을 내뱉더니 먼저 가버렸다.

'창문 아래로는 오디오를 설치해 식사를 할 때나 쉴 때는 음악을 듣고, 1층 큰방은 어두우니 침실로 해야겠다. 2층 방은 아이가 클 때까지 비워두면서 손님방으로 쓰면 되겠다. 아냐, 밝고 넓은 2층을 침실로 쓰는 게 낫겠다. 남편이 아니라도 누군가 놀러 오겠지. 회사가 가까우니까 회사 동료들이 올 수도 있고…….'

이런 생각을 하는 동안 지방의 어느 고등학교 교사가 교재로 쓰고 싶다며 시 낭독 테이프를 대출하러 왔다. 나는 멍한 상태로 그 테이프들을 하나하나 플레이어에 돌렸다. 빌려줄 때는 확인을 위해 반드시 어느 하나를 랜덤으로 들어봐야 했다.

어째서 그때, 그 구절이 유독 귀에 들어온 건지는 모르겠다.

……고민은 모조리 집어치우고
곧장 함께 세상 속으로 뛰어듭시다.
한 가지 말씀을 여쭙자면 이리저리 궁리나 하는 사람은
마귀에 홀려 메마른 황야를
뱅뱅 끌려다니는 가축이나 다름없다고 합니다.
조금만 둘러보면 바깥엔 훌륭한 푸른 목장이 있는데 말이지요.

"이거 뭐죠……?"

이게 시가 맞기는 한 건지 의아해하며 앞에 서 있는 그 교사에게 물었다. 그는 창밖에서 무슨 소리인가를 듣기라도 한 듯 창문 쪽을 바라보며 희미하게 웃었다.

남편은 그날 밤도, 다음날도 들어오지 않았다. 내가 그 집으로 이사할 거라고 믿는 걸까? 나는 하는 수 없이 혼자 집을 구하러 돌아다녔다. 혼자서 부동산 사무실을 방문하는 건 태어나 처음 해보는 경험이었다.

테이프에서 들려온 그 소리는 불현듯 4년 전의 이사를 떠올리게 했다. 남편은 아직 대학생이었고, 나는 지금 회사에서 일하기 시작한 무렵이었다. 우리는 따로 살면서 하루는 남편이, 하루는 내가 서로의 집을 오가며 지내고 있었다. 그러던 어느 날 남편에게 전화가 걸려왔다. "함께 살 집을 구했어! 신축인 데다 조용하고 볕도 잘 드는 곳이야. 최고야, 최고! 이번 주 일요일에 이사할 거야. 알겠지?"

둘이 함께 사는 집을 구하는 게 낫지 않겠냐는 대화를 간밤에 처음으로 나눴을 뿐인데 벌써 집을 구하다니 어이가 없었다. 하지만 내심 아무 고민 없이 이사갈 집이 정해져 좋았다. 내가 살 집이니 내가 직접 정하고 싶다는 마음은 조금도 들지 않았다. 한 남자에게 삶을 온통 맡기는 환희에 휩싸여 있었다. 남편을 마음껏 내 집에 재우고 싶어 부모님 집을 나왔고, 그때도 남편이 찾아준 곳에 들어가 살기 시작했다. 남편의 지인이 사용하던 자취방이었다. 그런데 남편은 내게 정착하지 못하는 것 같았다.

나는 그저 남편이 하라는 대로 움직이기만 하면 됐다. 토요일 밤부터 이삿짐을 싸기 시작해 일요일 아침 남편의 집을 먼저 들렀다가 오는 트럭을 기다렸다. 사실 이삿짐이라 부를 만한 것이 별로 없어서 짐 싸기는 금세 끝났다. 우리가 트럭 짐칸에 오르자 차가 출발했다. 나는 몇 장의 음반을 껴안은 모습이었고, 남편은 세탁물이 들어있는 쇼핑백을 안고 있었다. 30분 정도 달려 목적지에 도착했다. 주택가에 있는 좁은 골목 안쪽 깊숙한 곳에 우리가 살 집이 있었다.

"여기야?"

나는 환호성을 질렀다. 내가 앞으로 살 집을 이사하는 날 처음으로 보았다.

그곳에서 임신 때까지 일 년 반 정도를 살았다.

불현듯 지금까지 살면서 단 한 번도 내가 살 집을 내 손으로 찾아본 일이 없다는 데 생각이 미쳤다. '아니야, 그럴 리 없어'라며 부정하고 싶었지만, 그것은 엄연한 사실이었다.

혼자서 묵묵히 아이 어린이집 주변의 살 만한 집을 찾아 걷고 또 걷는 동안 어느샌가 달이 바뀌었다. 예산으로 잡아둔 월세가 워낙 작았지만 별 뾰족한 수가 없었다. 아무리 그렇다고는 해도, 남편과 함께 집을 보러 다녔을 때와는 달리 조건이 별로인 집만 소개를 받았다. 그때마다 풀이 죽었지만 어둡고 좁은 집을 여기저기 보러 다니면 다닐수록 남편의 모습은 내 뇌리에서 사라지고, 들어간 집의 어둠 속에서 동물의 눈이 내뿜는 듯한 빛을 느끼기 시작했다. 거기엔 나를 노려보는 무언가가 있었다. 무서웠다. 하지만 동시에 가까이 다가가고 싶었다.

깨끗하면서도 방이 두 칸인 월세 3만엔짜리 집이 정말 있기나 할까? 반신반의하는 마음으로 어떤 집을 보러 간 적이 있었다. 지극히 준수한 집이었다.

"이거 좀 이상한데요? 어떻게 이렇게나 월세가 쌀 수 있죠?"

중개인은 "어차피 뭐 금방 알게 될 테니……"라며 머뭇머뭇 그 이유를 설명했다.

"가족이 동반 자살한 집이에요. 가스 자살이라 시신은 그렇게까지 처참하지 않았대요. 이혼 문제로 싸우다 결국 그런 일까지 생겼다고 합디다. 신문에도 났을 정도니……. 사실 그 일 하나라면 또 괜찮을 것도 같은데, 사실은 그다음에 입주한 여성도 목을 매 자살해 버리는 바람에……. 이거 참, 선뜻 내키지 않으실 거라고는 생각합니다만……. 벌써 일 년이나 지났는데도 아직 빈집이에요."

"그렇군요. 연쇄반응 같은 걸까요? 죽은 사람들이 계속 이 집에서 살 작정으로 내내 머무르고 있는 건 아닌지……."

나는 한시라도 빨리 이 집에서 도망치고 싶은 기분을 애써 억누르며 말했다.

"하기는, 바닥재도 교체하고 벽을 새로 칠했다고는 하지만 가스 밸브는 그대로니까요. 바로 저 가스 밸브 말입니다."

중개인은 세 평 정도 되는 곳의 구석을 가리켰다. 가스 밸브 주변 다다미 위로 겹겹이 쓰러진 시신의 모습이 그려졌다.

"죽은 자의 모습을 보지 않을 수가 없었던 거로군요, 그분은……."

"노이로제가 심각했겠지요. 지방에서 이제 막 올라온 여자였대요."

나는 고민해 보겠다는 말만 남기고 그 집을 빠져나왔다. 그렇게 서두를 필요는 없다고, 어차피 그렇게 금세 나가지는 않을 거라고 중개인이 덧붙였다. 하지만 내게는 도저히 죽은 자를 이길 자신이 없었다.

그로부터 며칠이 지난 어느 저녁, 또 다른 중개인이 나를 좁고 긴 건물로 데리고 갔다. 경사가 몹시 가파른 계단을 밑에서 바라보자니 한숨부터 나왔지만, 그 집의 문을 열고 들어서자마자 '이 이상의 집은 없어!'라는 마음의 소리가 들려왔다. 붉은색 바닥이 석양을 받아 활활 불타오르고 있었다. 텅 빈 방 가득 빛이 웅성거리고 있었다.

이사 후유증으로 아팠던 딸이 컨디션을 회복하고 다시 어린이집에 등원하게 되었을 땐 벚꽃이 꽃망울을 터뜨리기 시작한 무렵이었다. 나는 딸에게 벚꽃 노래를 불러주고, 아기 염소 노래와 까마귀 노래도 가르쳐주었다. 욕실에서 부르는 노래도 소리가 울려 좋았지만, 옥상에서 목청껏 노래를 부르고 나면 기분이 상쾌해졌다. 어쩜 이렇게 목소리가 좋을까! 내 노랫소리에 내가 감탄했다. 악보를 사들여 딸의 박수를 받으며 노래를 불렀다. 고민 따위 당장 집어치우라는, 테이프에서 들었던 시 구절에 귀를 기울였다.

"앙코르, 앙코르! 브라보, 브라보!" 딸은 그림책에서 본 그 말을 너무 신나게 외치는 바람에 눈물까지 보이며 찬사를 퍼부었다.

남편이 이사간 곳은 아직 모른다. 새로 아르바이트하는 가게의 연락처만 전달받았다. 그의 새 애인이 그 가게 사장이라고 누군가 알려주었다. 남편의 어머니 정도 되는 연령의 여자라고 들

21

었다. 동업자를 끌어들여 소극장을 오픈하려고 했던 남편은 결국 빚만 졌고, 지금의 그에게 필요한 존재는 그런 사람일지 모른다고 애써 납득하려 했다.

살 집을 독단으로 정한 일로 남편은 불만을 보였고, 그 상태로 먼저 이사해 나갔다. 새로 이사하는 집에 남편을 들일 생각은 조금도 없었다.

물론 언젠가는 남편도 내 집에 오게 될 테지만 언제일지 모를 그날이 다가오는 것이 두려웠다. 그와 동시에 다시는 남편에게 몸도 마음도 기대는 일은 없을 거라고 생각했다. 이런 변화가 신기했다. 더 이상 예전의 나로 돌아갈 수는 없었다.

'고민 따위 당장 집어치우기로 해……. 곧장 세상 속으로 뛰어들자.'

그 문장을 몇 번이고 되뇌었다. 딸은 아직 아빠의 부재를 눈치채지 못하는 듯했다.

"여름이 오면 옥상에 풀장을 설치해 줄게. 그곳이라면 아주 커다란 풀을 놓을 수 있을 거야."

아이를 재우며, 그런 말을 했다.

"그리고 말야, 우리 점프 놀이기구도 놓자. 엄마는 맥주가 마시고 싶어질 테니, 비어가든처럼 옥상을 전구로 장식할 거야. 두고 봐, 엄청 멋질걸! 또 꽃도 잔뜩 심자. 해바라기랑 달리아, 그리고 칸나도! 토끼도 키울까? 햄스터도 귀엽겠다. 옥상이 넓어서 더 큰 동물도 키울 수 있을 거야. 산양은 어때? 까짓것 목장도 만들지 뭐! 이웃 사람들이 우리 집 보고 깜짝 놀라겠다, 그치?"

아이는 눈을 동그랗게 뜨고서 그런 나를 바라봤다. 나는 아이의 머리를 쓰다듬었다. 한 평밖에 되지 않은 좁은 침실이 벽장 속에 있는 것처럼 안락했다.

2. 물가

아침으로 구운 토스트를 한입 베어 물려는 순간, 현관문을 두드리는 소리가 났다. 누가 이렇게 이른 아침부터……. 필요 이상으로 긴장한 내가 주저하며 문을 열자 얼굴이 눈에 익은, 몸집이 뚱뚱하고 나이가 있는 남자가 보였다. 어디서 본 얼굴인지 금방 떠올릴 수는 없었지만 한 달 전에 별거를 시작한 남편 후지노가 아니라는 사실에 적이 마음을 놓았다.

"이 댁 수도에 문제라도 있는 거 아닙니까?"

남자는 고개를 두리번거리며 미심쩍은 눈초리로 집 안을 들여다보았다. 아이도 현관까지 나와 남자와 내 얼굴을 번갈아 보며 고개를 갸웃거렸다.

"수돗물 잠그는 걸 잊어서 넘치고 있거나 하지 않냐는 말입니다! 빨리 어떻게 좀 해봐요, 지금 난리가 났다고요."

마침내 그 남자가 아래층 사무실 사람이라는 걸 떠올리고 서둘러 인사를 하며 물었다.

"무슨 일이 생겼나요? 보시다시피 별다를 게 없는 걸요."

"하지만 우리 사무실 천장에서 물이 뚝뚝 떨어지고 있단 말입니다. 이건 이 집 어딘가에서 물이 넘쳐 그렇다고밖에는 볼 수 없잖습니까? 분명 어딘가 물이 새는 곳이 있을 테니 빨리 좀 찾아 조치를 취해 주시라는 말씀입니다."

순금 명패를 제작하는 가게의 남자였다. 그 좁은 사무실에서 설

24

마 전부 직접 제작하는 건 아니겠지만, 개봉한 종이 박스가 문 앞 복도에 잔뜩 쌓여있었다. 남자가 상자를 사무실 밖으로 옮겨와, 수첩에 적힌 내용과 맞는지 비교하고 있는 모습을 몇 차례 본 적이 있다. 일이 원래 그렇게 많은 건지, 아니면 일을 좋아하는 사람인지는 몰라도, 남자는 매일 아침 8시에 출근해 자정이 다 되어서야 퇴근하는 경우가 많았다. 건물 입구 셔터를 올리고 내리는 건 내 일이었기 때문에 사실 그는 좀 귀찮은 존재였다. 내가 늦잠이라도 자는 날엔 건물 셔터를 열어줄 때까지 기다려야 했으니 남자도 꽤나 불편했을 것이다. 남자가 입주한 지 두 달쯤 지났을 때, 건물주가 특별히 그 남자에게만 여분의 셔터 열쇠를 준 덕분에 비로소 나도 좀 편해질 수 있었다.

사무실의 유일한 직원인 남자의 아내도 대부분 밤늦게까지 함께 일하고 있었으나, 특별히 신경을 쓰이진 않았다. 남자가 상자 앞에서 분주한 모습으로 서 있으면 여자는 사무실 안쪽 책상에 내내 붙박이처럼 앉아 있었다. 그녀는 항상 싱크대 앞에서 태운 냄비의 바닥을 닦을 때나 입을 법한 앞치마 차림이었다.

천정에 물이 새는 건 분명 4층 우리 집 문제라고 그 남자가 주장했기 때문에 나는 출근 시간을 체크하며 일단 주방의 수도, 세탁기, 화장실, 그리고 옥상 욕조까지 확인한 후 마지막으로 큰 방까지 살펴봤다. 하지만 어디서도 물이 새는 곳은 없었다.

"저희 집 문제가 아닌 것 같은데요."

남자에게 그렇게 답하고, 토스트를 전혀 먹지 않은 아이를 혼내는 것으로 아침의 평화가 깨진 짜증을 대신했다.

"지금 나가야 하니까 빨리 남은 우유 마저 마셔. 안 그러면 지각해서 선생님께 혼나!"

"거, 말도 안 되는 소리 하지 마쇼. 아니, 그럼 이 물은 뭐란 말입니까? 여길 봐요. 밖으로 나와보지 않으니 모르잖습니까?"

남자가 계단 두 칸 아래 서서 노려보고 있었기 때문에 어쩔 수 없이 슬리퍼 차림으로 현관 밖으로 나왔다. 내가 나오자마자 남자는 거칠게 문을 닫더니 보도 바닥을 가리켰다. 과연, 복도 바닥에는 물이 흥건하게 고여 있었다. 천장에도 물 얼룩이 보였다. 우리집 천장에도 물 얼룩이 있긴 했지만, 예전에 비가 심하게 샜을 때 옥상을 완벽하게 보수했으니 걱정할 것 없다는 이야기를 중개인에게 들어 이미 알고 있었다.

"저는 잘 모르겠는데요……. 어째서 물이 새는 건지……."

내가 이렇게 말하는 순간 집 안에 있던 딸이 울기 시작했다. 다급한 마음에 문을 열려고 하는 내 팔을 남자가 꽉 붙들며 말했다.

"물이 새는 건 4층이 맞다니까요! 이러는 동안에도 지금 아내 혼자서 우왕좌왕 정신이 없단 말입니다. 한번 내려와 봐요. 보면 금방 알게 될 테니."

딸의 울음소리가 한층 격해지고 있었다. 남자의 말을 무시하고 계단을 올라 있는 힘껏 문을 열었다. 통로가 좁아 서 있을 장소가 마땅치 않자, 남자는 허겁지겁 계단 아래쪽으로 몸을 피했다.

얼굴이 새빨개질 정도로 심하게 우는 아이를 꼭 안고서 남자를 향해 쏘아붙였다.

"아무리 우기셔도 우리 집 문제가 아닌 건 확실합니다. 다시 한 번 확인해 보시고 저는 이만 출근해야 하니 혹시 무슨 일이 있으면 저녁 때 다시 오시든지 하세요. 6시 정도까지는 옵니다."

남자의 대답을 기다리지 않고 문을 쾅 닫아걸었다. 남자가 그대로 계단을 내려가는 소리가 들렸다. 이미 집을 나서지 않으면 안되는 시간이었다. 내 목에 꼭 붙어 있는 아이의 상기된 얼굴을 물수건으로 닦아준 다음, 나는 아침은 포기한 채 어수선해진 식탁을 그대로 두고 집을 나섰다. 남자가 다시 나를 부를까 봐 발소리를 죽이고 가만가만 계단을 내려갔다. 남자는 아마도 자기 사무실에서 씩씩거리며 분을 삭이고 있을 것이다. 거친 말투로 아내에게 분풀이하는 남자의 목소리가 들려왔다.

물이 새고 있다는 3층 천장에는 사실 별 관심이 없었다. 아이에게 아침도 먹이지 못했고, 언제나 기분 좋게 손을 흔들어주던 딸이 오늘 아침엔 어린이집에 도착해 보육교사에게 보내려 하자 겁에 질린 표정으로 덜덜 떨며 내 곁에서 떨어지려 하지 않았다. 커다란 소리로 울고불고 한바탕 소동을 치르고 나서야 교사 두 명이 아이를 억지로 어린이집 안으로 데리고 들어갔다. 그 바람에 결국 나까지 회사에 지각하는 바람에 물이 새든 말든 아침 댓바람부터 남의 집에 쳐들어와 아침 시간을 엉망으로 만든 남자에게 짜증이 났다. 이유가 어찌되었든 바쁜 아침 시간에 남의 집까지 찾아와 그럴 일은 아니지 않나? 그 남자의 무례하고 난폭한 행동을 떠올리니 치가 떨렸다. 지난밤, 어디선가 희미하게 물 떨어지는 소리를 들은 일 같은 건 벌써 잊어버렸다.

언제나처럼 내 직속 상사인 고바야시와 함께 빵과 우유로 점심을 대신하고 있는 동안, 남편 후지노가 전화를 걸어왔다. 전화를 받은 고바야시가 수화기를 건네주었다.

"네? 네……."

작은 한숨과 함께 수화기를 귀에 대자 익숙하고도 그리운 후지노의 목소리가 들려왔다. 그리운 목소리, 이렇게 생각하는 나 자신에게 짜증이 났다. 남편에게 연락이 오면 아이와의 관계도 그러니, 서로 거북해지거나 사이가 나빠지지 않도록 자연스레 안부도 주고받아야겠다고 생각했었다. 또한 어째서 나중에는 내가 헤어지고 싶어 했었는지, 나도 내 마음을 알기 어려운 상태지만 적절한 말을 찾아 설명하고 싶었는데, 이제는 평상시와 같은 말투로 대화하는 방법조차 잊은 듯했다.

옆에 있는 고바야시가 신경이 쓰여 어쩔 수가 없었다. 4년 전에도 후지노의 전화를 고바야시가 바꿔준 적이 있다. 후지노와 막 동거를 시작하고 아직 혼인신고는 하지 않았던 때로 어떤 대화를 나누었는지는 잊었지만, 아마도 저녁에 어딘가에서 외식을 하자는 그런 내용이었을 것이다. 당시 아직 학생 신분이던 후지노는 학교 장학금도 받고 본가에서 생활비도 받고 있던 시기라 그와 함께 살던 4년 중 경제적으로 가장 여유로웠고, 덕분에 우리는 자주 외식을 했다. 그땐 고바야시가 듣고 있건 말건 후지노의 전화를 편하게 받았었다.

그런데 전화를 끊자마자 고바야시가 고개를 들어 나를 보며 이런 말을 하는 것이었다.

"어서 안정을 찾기 바랍니다."

자료 정리나 독서 외에는 아무런 관심이 없는 나이 많은 직장 상사 정도로만 생각하고 있던 나는 당황해 얼굴을 붉혔다. 그럼 지금껏 후지노가 전화를 걸어올 때마다 듣고 있었단 건가? 후지노와의 동거에 대해 회사 사람 누구에게도 말하지 않았음에도 고바야시는 전부 알고 있었다는 뜻이 된다. 생각해 보면 당연한 일이었는데, 그동안 직장 상사가 나를 어떻게 생각할지에 대해선 신경쓰지 않고 있었다.

"계속 무리하면 금방 피곤해지는 법이죠. 특히 여자들은 더……. 자신을 소중히 여기도록 해요."

나는 떨리는 심장을 달래가며 고개를 끄덕였다.

고바야시는 예전에 방송국 아나운서였다. 그랬던 그가 어째서 지금은 목소리가 그토록 망가져 버린 건지 이상하다는 생각이 들기도 했지만 어쨌든 20년 가까이 아나운서로 근무하는 동안 개인

적으로 힘든 일이라도 있었는지, 회사는 그를 이 부서 저 부서로
돌리다 결국 부속 시설로 생긴 여기 도서관으로 보냈다. 고바야
시는 예순이 넘은 나이에 인상은 무뚝뚝하고 얼굴빛이 그다지 건
강해 보이지 않는 남자였지만, 방송국의 젊은 직원들은 그를 '도
서관의 은둔자'라 부르며 종종 그를 찾아와 장난을 걸며 시간을
때우는 것 같았다. 그를 찾아온 사람들은 하나같이 그의 기분을
상하게 할 말을 일부러 골라하며 부처님 같은 그의 얼굴이 구겨지
는 걸 재미있게 관찰했다. 그가 독신이라는 사실도 그렇게 알게
되었다.

그날 이후 그의 친절함에 기대고 싶은 마음과 동정받고 싶지 않
다는 양가감정 때문에 나는 도서관의 은둔자 앞에서 자주 웃는
모습을 보였다. 고바야시도 도서관에 꼭 있어야 하는 때가 아니
면 나를 불러 커피를 사거나 단골 바(bar)에 데려가기도 했다. '언
제든 여기 와서 내 술 마셔도 돼. 여자도 가끔은 편하게 술 한잔
할 만한 곳이 있어야지', 이런 친절도 베풀어 주었지만 설마 남편
을 데리고 올 수도 없는 노릇이라 그와 동석하는 자리가 아닌 이
상 일부러 들르지는 않았다. 또 고바야시와 살갑게 대화를 나눌
만한 공통된 화제도 별로 없어서 그의 친절이 내게 썩 달가운 것
만은 아니었다. 고바야시는 어디서 얼마만큼을 마시든 내내 부처
님 같은 표정으로 내 사생활을 꼬치꼬치 캐묻는 일 없이, 그저 일
이나 책 이야기만 했다. 술집을 나오면 나를 역까지 바래다준 다

음 다른 곳에서 혼자 한잔 더 하는 것 같았다. 그는 소문난 애주가였다.

그렇더라도 그와 만남을 이어가는 동안 나를 향한 걱정 어린 마음을 느끼기라도 한 건지, 후지노와 정식으로 부부가 되었음을 맨 먼저 보고한 사람은 엄마가 아니라 고바야시였다. 그와의 술자리로 귀가가 늦어지기라도 하면 후지노는 결혼 생활을 뭘로 여기는 거냐며 매번 나를 비난했고, 나 역시 고바야시가 내게 흑심을 품고 있는 건 아닌지 의심쩍어하면서도 후지노와의 결혼을 누구보다 축하해줄 사람은 고바야시라는 사실을 부인하기 어려웠다.

그에게 결혼 소식을 알리며, 지금까지 신세를 많이 졌다고 인사하자 고바야시는 약간 쑥스러운 미소를 지어 보일 뿐이었다. 하지만 나로선 그에게 충분한 축하를 받은 듯한 기분이 들어 다시 한번 고개 숙여 인사했다.

그 후 내가 임신을 하게 되어 더이상 고바야시와 술자리를 함께 할 기회는 갖지 못했다. 대신이라기는 뭣하지만, 점심시간이 되면 빵과 우유를 그의 몫까지 사 가지고 와서 함께 느긋한 시간을 보냈다. 내가 가지고 온 휴대용 라디오로 음악을 듣거나 도서관에서 테이프를 빌려와 고바야시가 좋아하는 옛날 프로그램을 듣기도 했다. 또한 도시락을 싸 온 다른 동료가 끼는 날에는, 출산 후에 아기가 얼마나 귀여운지, 아기와 어떤 재미있는 에피소드가 있었는지 등을 전하거나 아기 사진을 보여주며 점심시간을 보내는 일이 많았다. 어쩐지 으쓱해진 나는 후지노가 대학 시절 목표로 삼았던 '새로운 영화'에 관해 주절주절 늘어놓기도 했는데, 그때도 고바야시는 내 아기도 좀 찍어주면 좋겠다고 내게 한마디 했을 뿐이다.

그런 사이였기 때문에 약 1년 전부터 고바야시의 말수가 줄고 표정이 바뀐 걸 알아차리지 못했다. 게다가 내가 집을 구하러 다니느라 점심시간에 외출하는 일이 늘기도 해서 고바야시는 내 신변에 무슨 문제가 있음을 이미 눈치챘음에 분명하다. 그렇지만 내가 별거를 위해 이사한 사실이나 남편과의 사연을 그에게 털어놓기란 쉽지 않았다. 예전의 행복했던 추억을 떠올리지 않을 수 없어 나는 쉽사리 위축되곤 했다.

수화기를 건네받은 순간, 어째서 사람을 이토록 곤란하게 하나 싶어 남편이 원망스러웠다. 옆에 고바야시가 있으니 어떤 말을 해야 할지 몰랐고, 이야기가 원만히 흘러 다시 합치자는 의견의 일치를 볼 수만 있다면 그 이상 좋은 일은 없을 거라고 몇 번이나 다짐에 다짐을 해왔지만, 지금 여기서는 적당하지 않은 듯 느껴졌다.

'다 망했어. 대체 무슨 일을 이런 식으로 하는 걸까.'

당황한 나머지 머릿속이 온통 하얘졌고, 이 모든 상황을 후지노의 탓으로 돌리는 데만 신경이 온통 곤두섰다.

"오랜만이네! 잘 지내지? 아이는 어때? 이사한 집은 괜찮아? 슬슬 한번 만나야지? 뭐라고 말 좀 해봐, 혹시 옆에 누가 있나? 아무리 그렇더라도 몇 마디 정도는 할 수 있는 거 아냐? 나, 당신 남편이야. 누가 듣는다 한들 곤란할 것 없잖아. 대답이라도 좀 하던지! 아님 이제 나랑은 대화도 하기 싫은 건가?"

후지노의 말에 간신히 화를 누르며 나는 낮은 목소리로 답했다.

"무슨 용건이라도 있나요?"

"뭐야, 그 말투는. 나는 전화하면 안 되는 사람인가?"

"용건이 없다면, 이만 끊을게요."

그리고 그만 전화를 끊어버렸다. 고바야시의 얼굴을 도저히 볼 수가 없었다. 고개를 돌린 채 우걱우걱 빵을 먹고 남은 우유를 마시며 곁눈질로 고바야시의 모습을 살펴보니 그는 한 손에는 햄버거를, 다른 한 손에 신문을 든 채로 기사를 읽는 데 몰두하고 있었다. 내가 일하는 곳에 민폐를 끼치기 싫었는지 후지노는 더 이상 전화하지 않았다. 하지만 그가 얼마나 화가 났을지 생각하는 동안 내 바보 같은 태도에 질린 나머지 폭풍 같은 후회가 밀려왔다. 다리가 후들거리고 목 안쪽이 쓰라렸다. 모든 걸 망친 건 그가 아니라 바로 나였고, 다시는 되돌릴 수 없을 거라는 예감이 들었다.

빈 우유팩과 빵 포장지가 담긴 종이봉투를 양손으로 비틀어 매는 동안 고바야시가 말을 걸어왔다.

"저, 미안하지만 차 한 잔 가져다주겠나? 갈증이 나서……."

겨우 고개를 들고 가능한 한 밝은 목소리로 알겠다고 대답했다.

칸막이를 두른 탕비실에 들어가 천천히 두 사람분의 녹차를 우렸다. 다리가 아직도 떨렸다. 고바야시 책상 쪽에 거의 왔을 때 발 밑에 장애물이 있는 것도 아닌데 휘청하더니 쟁반에 담긴 찻잔을 두 개 다 바닥에 떨어뜨렸고, 내 잔은 무사했으나 고바야시의 잔 은 그만 깨지고 말았다.

"아아, 죄송합니다! 정말 죄송해요……."

연거푸 죄송하다고 말하며 바닥에 떨어진 찻잔을 주웠다. 잔은 거의 두 조각으로 깨져 있었다. 고바야시의 목소리가 들려왔다.

"조심하지 않으면 손을 베이니까, 행주나 이런 걸로 훔치는 게 낫겠군."

"그렇겠네요. 정말 죄송해요. 금방 가지고 올게요!"

몸을 일으키는 것도 힘겨웠다. 허리를 굽힌 채 탕비실로 달려가 행주를 움켜쥐고 다시 자리로 돌아와 무릎을 바닥에 대고서 아직 찻물의 김이 올라오는 바닥을 행주로 닦았다. 뜨거운 기운이 금 세 손바닥으로 전해졌다.

"찻잔이 보기보다 튼튼하네."

고개를 들어보니 고바야시는 내 찻잔을 한 손에 들고 방금 전까 지 바닥에 떨어져 있던 깨진 본인의 잔을 책상 위로 옮겨와 번갈 아가며 바라보고 있었다.

"정말……, 죄송해요……."

"너무 신경쓰지 않아도 돼. 초밥 가게에서 사은품으로 준 거니 까."

"네……."

행주에 스민 뜨거운 기운이 점점 식어갔다. 그때 불현듯 아침에 있었던 일이 떠올랐다.

"저 말이죠, 이만큼의 물로도 아래층에 영향을 줄 수 있을까요?"

"설마. 만약 이 정도 물로 아래층까지 젖는다면 그 건물에서는 아무도 살 수 없을걸."

고바야시는 드물게 웃는 얼굴로 그렇게 말해주었다.

"하긴 그렇겠네요."

나도 웃는 얼굴로 그렇게 답하며 아직 물기가 어린 바닥에 시선을 떨구었다.

행주로 바닥을 마저 치우는 동안 갑자기 눈물이 고였다. 고바야시의 눈을 피해 왼손으로 눈물을 닦으면서 다른 손으로는 계속 행주로 바닥을 훔쳤다.

결국, 고바야시가 볼일을 보러 나간 틈을 타 바닥을 치운 후 새 대출카드를 만드는 작업을 시작했다. 어느새 점심시간이 지나 있었다.

퇴근 시간이 다가왔을 때, 더 할 일이 없으면 퇴근해도 된다는 고바야시의 말에 나는 사양하지 않고 사무실을 나섰다. 평소보다 빨리 자기를 데리러 온 엄마를 본 딸은 춤이라도 출 듯 기뻐했다. 가까운 마트에 들러 장을 보고 집에 돌아왔더니, 아이 목소리가 들리자마자 기다렸다는 듯 3층 사무실 남자가 우리 쪽으로 다가

왔다. 남자 등 뒤로 건물 관리를 담당하고 있는 중개인의 모습도 보였다. 내가 돌아오기만을 내내 기다렸다는 걸 남자의 표정만으로도 충분히 알 수 있었다. 그 자리에서 곧바로 계단을 내려가 건물을 빠져나가고 싶은 충동을 억누르며 딸을 앞세워 천천히 계단을 한 칸 한 칸 올라갔다. 딸은 경사가 급한 계단을 강아지처럼 손으로 디디며 올라갔다.

3층 복도에 도착하자 잔뜩 화가 난 얼굴로 나를 노려보는 사무실 남자를 그 왜소한 몸으로 막아주기라도 하려는 듯 등뒤에 있던 중개인이 앞으로 나섰다.

"죄송하지만 그 댁이 귀가하길 기다린 지 벌써 한 시간도 더 지나서요……. 사장님께서 4층 현관문을 빨리 열어달라고 요청하셨지만 곧 돌아오실 테니 좀 더 기다리는 것이 낫지 않겠냐고 양해를 드리고 기다리고 있던 참이라……."

"급한 일이라고 그렇게 일렀건만."

3층 남자가 투덜거렸다. 괘념치 말라는 듯한 표정으로 중개인이 웃으며 말을 이어갔다.

"물이 너무 심하게 새고 있어서 현재 2층까지 온통 젖어버린 상황입니다. 비가 내리는 것도 아닌지라 아무래도 원인은 그 댁에 있어 보이니 실례지만 집 안을 좀 둘러봐도 되겠습니까?"

중개인은 백발의 노인으로, 차분하고 품위가 있었다. 월세를 내러 가면 거의 예순 정도의 건물주인 여성 사업가가 소파에 앉아 있었는데, 옆에서 보면 그 둘은 마치 여주인과 노집사 같은 인상을 풍겼다.

중개인과 3층 사무실 남자를 집으로 안내했다. 아침에 본 복도의 물웅덩이는 더 심각해져 복도 전체가 흥건했다. 천장의 물 얼룩도 더 크게 번져있었다. 천장의 물방울이 고여 어느 정도 커지면 아래로 뚝뚝 떨어지는 일이 반복되고 있었다.

우선 두 남자를 현관에서 잠시 기다리게 한 다음, 먼저 내가 집안을 살펴보았다. 아침과 특별히 바뀐 게 없어 보였다. 강렬한 석양이 집안 구석구석을 잠식해 마치 아지랑이 속에 서 있는 듯 일렁였다. 딸은 오늘 어린이집에서 배운 노래를 부르며 내 곁에 찰싹 붙어 있었다.

마지막으로 침실을 살펴보았다. 처음부터 그 방만은 아무 문제가 없을 거라고 생각했기 때문에 그저 두 남자를 안심시킬 요량으로 둘러보게 할 작정이었다. 그런데 물의 흔적을, 처음으로 침실의 벽에서 발견했다. 어제까지만 해도 본 적이 없는 커다란 물 얼룩이 져 있었다. 벽 뒤쪽은 계단이었다.

물 얼룩을 발견한 사실을 두 남자에게 알리자, 3층에 있던 남자가 집으로 올라왔다.

"죄송하지만 여긴 침실이라서요. 먼저 옥상을 살피는 것이 좋을 것 같습니다. 아침에 옥상까지는 제대로 확인하지 못했거든요."

두 남자를 옥상으로 올라가는 계단으로 안내했다. 잘 알지도 못

하는 남자들에게 침실의 널부러진 이불 같은 걸 보여야 한다니 몸
이 딱딱하게 굳어왔다.

욕실에는 아무런 이상이 없었다. 옥상 바깥으로 나가는 문을 열
고 내가 먼저 밖으로 나갔다. 그러자 낯선 광경이 펼쳐져 있었다.
나도 모르게 터져 나온 비명을 막을 새도 없었다. 바짝 말라 있어
야 할 옥상이 출렁이는 물결로 반짝반짝 빛나고 있었다. 투명한
물이 바닥에 가득했다.

"바다다! 엄마, 바다가 보여요! 우와아, 엄청나게 커요!"

딸은 맨발로 물속에 뛰어들어갔다. 마냥 신이 난 아이는 첨벙첨
벙 발로 물장구를 치며 들어가더니 양손으로 물장난을 쳤다.

나와 두 남자는 물살을 헤치고 들어가 급수탱크 앞까지 갔다.
물이 그곳에서 기세 좋게 콸콸 흘러나오고 있었다. 넋을 잃고 바
라볼 정도로 굉장한 양의 물이었다.

"그러니까, 여기서 나온 물이 저쪽으로 흘러가다 배수관이 감당
하지 못하고 아래층으로 물이 샌 거로군요. 탱크 어딘가에 금이 간
곳이 있을 겁니다. 아무리 그렇다곤 하지만 이건 정말 엄청나네요."

3층 사무실의 남자도 아연실색해 화난 표정이 어느샌가 누그러
져 있었다.

"세상에 이거야 원, 피해가 이만한 걸 차라리 다행이라고 여겨
야겠어요."

"꼬맹이만 신나서 어쩔 줄 모르네요!"

"우리 손주도 물놀이를 얼마나 좋아하는지 몰라요."

두 남자는 흐뭇한 눈으로 정신없이 물장난에 빠진 아이를 바라보며 말했다.

"애기 엄마, 아무리 그래도 그렇지, 바로 아래층에 사니 물소리 정도는 들을 수 있었잖아요."

중개인이 그렇게 말하자 비로소 간밤에 들린 물소리가 떠올랐다. 저 멀리서부터 들려오던 고요한 물소리. 불길한 일이 닥칠 것만 같은 예감에 서늘해진 몸을 감싸던 기억도 떠올랐다.

"그러고 보니, 새벽쯤 무슨 소리를 들은 듯했는데, 아침 하늘이 너무 쾌청해서 설마 여기서 나는 소리일 거라고는 상상도……."

"그때만 알았더라도 금방 해결했을 건데……."

3층 사무실 남자의 말에 나는 정신 없이 고개 숙여 사과했다.

내일 아침 일찍 수리를 맡기겠다는 말을 남기고 둘은 현관을 나섰다.

그날 밤, 딸과 나는 옥상에 올라가 맨발로 '옥상 바다'에서 실컷 놀았다. 위험할 리 없지만, 넓은 물에 들어가는 일은 묘한 불안을 일으켜 심장이 두근거렸다. 서로 물을 뿌리거나 술래잡기를 하는 동안 아이와 나는 흠뻑 젖었고, 몸이 젖으니 금세 한기가 들었다. 낮 동안은 따스하다 해도 아직 5월 초순이었다.

집으로 돌아오니 전화벨 소리가 막 끊긴 참이었다. 남편의 얼굴과 함께 남편과 함께 살기로 결심한 순간 느꼈던 기쁨이 떠올랐다. 터질 듯 행복한 마음으로 혼인신고서를 내러 동사무소에 가던 날, 나는 고바야시에게 털어놓았던 내 목소리가 들리는 듯했다. "그의 아이를 조금도 주저하지 않고 낳은 스스로에 대한 책임을 지지 않으면 안 되겠지요?" 고바야시는 대답 대신 천천히 고개를 끄덕였고, 그와 동시에 무수히 많은 사람의 환영이 내 앞에 나타나 한꺼번에 고개를 끄덕였다.

아이 아빠이자 내 남편인 남자. 그러나 이미 한 달 이상 그의 소식을 알지 못하며, 어떻게 알려야 하는지도 알 수 없고, 특별하게 심각한 사건이 일어나지도 않았다. 하지만 이런 평온한 일상이 외려 앞으로 내게 닥칠 미래를 향한 불안함을 키우고 있었다.

안정된 생활을 유지할 만한 희망이 보이지 않는데도, 한편으로는 쓰러지지 않으려 안간힘을 쓰고 있었다. 아니, 실은 뿌리를 내리고 싹이 트는 걸 겨우 엿볼 정도의 일그러지고 투명한 무언가가 앞에 놓여있는 것만 같았다. 그걸 볼 수 있는 건 오로지 내 두 눈밖에 없다. 후지노와 다시 부부처럼 얼굴을 마주할 수 있을까? 어느덧 내게 주어진 불안정한 이 상황에 애착을 품기 시작한 나는, 여전히 남편으로서 나를 대하는 후지노의 말투에 위화감 말고는 다른 느낌을 가질 수 없었다. 앞으로도 나는 후지노가 먼저 연락을 끊지 않는 이상 낯설고 무의미하게 들리는 그의 목소리에 계속 귀 기울여야만 하는 걸까?

별거 이야기를 먼저 꺼낸 쪽은 후지노인데, 앞으로도 그의 존재를 신경쓰며 살아야 하는 걸까? 다시 한번 눈앞에 떠오른 사람들을 바라보았다. 내가 알고 있는 그들은 묵묵히 고개를 끄덕였다.

그날 밤, 다시 물소리가 들려왔다. 나는 뭉클하면서도 축축한 느낌에 둘러싸인 채 잠들었다.

다음날 아침, 거짓말처럼 급수탱크 수리가 끝나 있었다. 옥상을 가득 채웠던 물이 점점 빠지는 것이 보였다. 아이는 수선공에게 불만을 표했다.

"물 없어지는 거 싫어! 아저씨 나빠! 미워!"

이틀 뒤 일요일엔 종일 옥상 바닥 보수 작업이 이어지다 저녁이 다 돼서야 끝이 났다. 옥상에 가보니 바닥 보수재가 아직 덜 말라 아직 들어갈 수는 없었고 아이에게도 들어가면 안 된다고 몇 번이나 주의를 주었다.

문을 열고 맨 처음 옥상의 모습을 본 딸아이는 '옥상 바다'를 보았을 때보다 더 놀란 목소리로 함성을 질렀다.

"뭘봤길래 그러니?"

나는 옥상 쪽을 보자마자 내 눈을 의심했다. 옥상이 온통 얼룩한 점 없는 은색으로 빛나고 있었다. 눈이 너무 부셔 동공 안쪽이 아파왔다. 갈라진 틈을 메우는 정도일 줄 알았는데, 방수페인트가 옥상 구석구석 빈틈없이 칠해져 있었다. 봄볕에도 이렇게 눈이 부시다면 한여름엔 옥상을 바라보는 일조차 불가능할 것 같았다. 이 도시에서 빛으로 눈이 멀어버리고 말 것 같다. 마치 설원을 걸어가는 사람처럼, 바다를 표류하는 사람처럼.

은빛 바다.

나는 웃음을 터뜨리지 않을 수 없었다. 이건 이거대로 굉장한 풍경인걸! 게다가 이번엔 누구도 이 바다를 없앨 수가 없다.

"너무 예뻐요! 별님이 반짝거리는 것 같아요."

딸은 은빛 옥상에 금세 푹 빠져든 것 같았다.

남편에게 전화가 온 건 그 다음날 밤의 일이다. 데면데면한 내 태도는 점점 후지노와의 관계를 꼬이게만 했다. 그의 목소리를 들을 때마다 어째서 다리가 떨리고 기운이 빠지는 건지 영문을 알 수가 없었다.

같은 날 밤, 은색의 어느 별 위에 앉아 있는 꿈을 꾸었다. 별이 빙글빙글 돌더니 점점 회전 속도가 빨라졌고, 원심력에 의해 내 몸은 붕 떠오르거나 벽에 달라붙었다. '제발 용서해주세요!' 이렇게 외치는 나를 같은 중학교 동급생 하나가 올려다보며 말했다.

"넌 어차피 뭘 해도 안 돼."

동급생이라고는 하지만 그렇게 친한 사이도 아니었고 성적도 그저 그랬다. 언제나 반장에게 불려가 지적을 당하고, 차림새도 단정치 못한, 남자아이들과 어울리기만 좋아하는 그런 애였다. 어째서 그녀가 이제 와 내 꿈에 나타난 건지 어이가 없으면서도, 나는 그런 말 하지 말아 달라고, 그러면 안 되는 거라고, 눈물까지 흘려가며 구구절절 변명했다.

"그렇지 않아. 절대 날 버리지 않는 사람도 있어. 이건 사실이
야."

그 애는 슬픈 눈으로 고개를 저으며 점점 멀어져 갔다. 그녀는
여전히 그 시절 그 모습 그대로 예쁜 소녀였다.

3. 일요일의 나무

정문을 지나자마자, 커다란 나무 세 그루가 먼저 눈에 들어왔다. '불로뉴의 숲'에서도 유난히 큰 느티나무였다. 어릴 때부터 몇 번이나 와 본 공원이었는데, 그 나무가 이렇게나 큰 줄 이제서야 알게 된 것이다. 나무 앞에 서서 가지의 모양새를 관찰했다. 다른 곳을 더 둘러보고 싶어 하는 딸이 내 팔을 있는 힘껏 잡아당겼다. 그 바람에 비틀거리면서도 나무 앞에서 꼼짝도 하지 않았다.

정문으로 들어서자마자 왼쪽에 관리사무소와 공중화장실이 짙은 나무들로 에워싸여 있었다. 희미한 화장실 냄새에 흙과 나무 냄새가 뒤섞여 그 주변에 둥둥 떠다니고 있었다. 보이는 사람이라고는 일행이 볼일을 보고 나오길 기다리거나, 먼 곳에서 왔는지 다리를 쉴 겸 잠시 멈춰 공원의 지도나 유래가 적힌 안내문을 읽는 이들 정도였고, 대부분은 '가는 길'이라고 쓰인 작고 하얀 표지판이 세워진 자갈길을 바삐 걷고 있었다. 아이도 그 길로 빨리 가 보고 싶어 안달이 난 듯했다.

"저기에요, 저기! 엄마 이제 곧 끝나요! 지금 뭘 보는 거예요?"

"대체 뭐가 끝난단 거야? 그것보다 이 나무 좀 봐. 엄청 크지?"

"엄마, 빨리요 빨리! 저기로 가요, 다들 가버리잖아!"

"됐으니까, 이 나무 좀 봐봐."

"싫어! 안 해!"

지금껏 이렇게나 커다란 나무가 공원 정문에 심어져 있다는 걸 몰랐다. 세 그루의 느티나무로 다시 시선을 돌렸다. 어째서 오늘에서야 알게 된 걸까? 어째서 지금껏 나무의 존재를 알지 못했지? 아니, 그보다도 지금 이 순간 내 눈에 들어온 게 신기했다. 정말 큰 느티나무였다. 빛으로 가득 둘러싸인, 부드러운 하늘을 머리에 이고 있는 이 나무는 무성한 가지가 쭉 뻗어 있어서 나 같은 건 금세라도 삼켜버릴 듯한 두려움을 느끼게 했다. 초여름, 아직 어린 잎들이 가지 끝에서 청량하게 한들거리고, 잎에서 반사된 자그마한 빛이 너울너울 춤을 추는 듯 보였다.

"엄마, 빨리!"

"잡아당기지 말라니까, 어깨가 보이잖아."

"몰라. 그런 거, 옷 찢어져도 몰라."

"아프다니까! 대체 너 왜 이러는 거야?"

"엄마, 내 말 안 들려?"

"들린다고, 들려."

그럼에도 선뜻 느티나무에서 시선을 돌릴 수가 없었다. 세 그루의 나무는 땅 위에 삼각형 모양으로 뿌리를 내리고 있었다. 가지가 위로 뻗을수록 어떤 가지가 어떤 나무의 것인지 구별하기 어려웠다. 그물처럼 얽힌 나뭇가지를 올려다보는 동안 눈이 아파왔다. 어쩌면 식물들이 내뿜은 어떤 기운이 공중에 떠다니다가 땅에 도착할 무렵 불현듯 식물의 기분이 언짢아져, 세 그루의 무뚝뚝한 느티나무 기둥에 덕지덕지 달라붙어 굳어버린 것만 같았다.

"빨리 좀 걸으란 말야. 엄마, 바보!"

등 뒤에서 크고 작은 발소리가 뒤섞여 다가오더니 옆구리 틈새로 빠져나가 자갈길 쪽으로 사라져갔다. 아이들의 거친 발소리, 엄마들이 신발 뒤꿈치를 질질 끄는 소리가 끊임없이 정문을 통해 들어왔다.

"발을 빨리빨리 움직이란 말이야! 움직여, 움직여!"

딸이 내 다리 하나를 들어올리는 바람에, 나는 넘어질 것만 같아 느티나무를 꼭 붙잡았다.

"뭐 하는 짓이야? 그 손 놓고 떨어져!"

"싫어! 다리 고장 내 버릴 거야. 고장 낼 거라고!"

"엄마가 그렇게 하게 놔둘 것 같아?"

나는 그렇게 말하며 다리에 매달린 아이를 떨어뜨리려고 몸을 마구 흔들었다. 그래도 아이가 떨어지지 않자 나는 아이의 얼굴을 노려보았다. 아이도 새파랗게 질린 얼굴로 나를 노려보았다. 아이는 울지도 않고, 그렇다고 용서를 구하는 미소를 짓지도 않았다. 자기 엄마를 비난할 작정인 건가. 그런 생각이 든 순간 아이의 뺨을 때리며 소리쳤다.

"그래? 그렇게 가고 싶어? 그럼 너 혼자 가버려. 나도 더 이상은 못 봐주겠으니까. 오냐오냐 해주니 한도 끝도 없구나. 아침부터 불평만 하고 있잖아. 심심하다는 둥 어떻다는 둥, 어쩜 그렇게 너만 생각하니? 엄마 생각은 하나도 안 하지? 공원도 네가 하도 가고 싶다고 졸라서 데리고 온 거 몰라? 됐으니까 이제부터 너 혼자 가! 거기서 꾸물대지 말고 사라져!"

그렇게 말하며 아이의 머리를 거칠게 밀었다. 깜짝 놀라 입을 멍하니 벌리고 있던 아이는 한 발 한 발 뒷걸음질치다 지나가던 사람과 부딪히자 갑자기 왕 울음을 터뜨렸다. 그리고 그대로 몸을 돌려 어딘가로 달리기 시작했다. 아이의 모습이 눈앞에서 사라져 갔다.

혼자가 된 나는 주변 사람들의 시선이 느껴져 서둘러 나무 쪽으로 고개를 돌렸다. 갑자기 현기증이 났다. 대체 내가 무슨 짓을 한 걸까? 아이가 무서웠다. 그 느낌만은 아직 생생했다. 아이에게서 아빠를 빼앗으려는 엄마. 타당한 이유도 없으면서 아이를 데리고 와 아이 아빠를 밀어내는 엄마.

"이해가 가게 설명을 좀 해봐. 나보다 당신이 더 부모답다는 증거를."

그렇게 말하는 아이 아빠의 목소리가 들렸다. 대답을 할 수 없었다.

"나도 아빠가 훨씬 좋아! 왜 엄마는 날 아빠에게 데려다주지 않는 거야?"

어째서 우는 일은 아이에게만 허락되는 걸까? 남편의 딸인 아이에게만. 다른 여자와 이미 살림을 차리고 자식을 키우려는 생각은 조금도 없는 아빠, 양육비를 한푼도 주지 않는 아빠, 아이를 키우는 건 오롯이 나뿐인데, 왜 그에게 아이에 대한 권리를 주장할 자격이 있는 걸까? 아이를 키우는 동안의 수고로움은 언젠가 제 아빠에게 다 키운 아이를 보낼 때 그저 내게 남을 작은 선물 같은 걸까? 그래, 내가 억울해하며 무슨 주장을 하든, 후지노가 아이의 아빠라는 사실은 변함이 없었다.

아이 일 같은 건 잊어버리고 싶다고 생각했다. 혼자서 딸을 키운 지 기껏 반년 정도가 지났을 뿐인데도, 어쩌면 새로운 생활에 익숙해지지 못한 탓인지, 시간이 갈수록 쌓여가는 피로로 숨이 막힐 지경이었다. 지금껏 후지노에게 모든 걸 기대고 살아왔음을 깨달을 수밖에 없었다. 그가 이런 내 상태를 눈치라도 챌까봐 피로감은 한층 짙어졌다.

며칠 전 남편을 만났다.

"근처 커피숍에 있으니까 빨리 나와. 안 그러면 집으로 쳐들어 갈 테니까."

그의 이런 말에 서둘러 아이를 재우고 그가 기다리는 카페로 갔다. 그를 만나자마자, 아이가 이제야 겨우 안정을 찾기 시작했으니 당분간은 우릴 그대로 놔둬주면 좋겠다, 아이랑은 시간을 둔 다음 만나면 어떻겠냐고 나는 제안했다. 사실, 아이도 조만간 아빠를 잊을 테고 그럼 남편도 포기할 거라는 타산도 있었다. 하지만 후지노는 그리 호락호락하지 않았다. 마음대로 굴지 말라며 나를 책망하다 마지막엔 내가 아이에게 그랬듯 내 뺨을 때렸다.

그러더니 내게 적당히 하라며, 오늘은 이대로 돌아가지만 이걸로 끝이라고 생각하면 오산이이라는 말을 남기고 사라졌다.

후지노 입장에서는 당연한 말일지 몰라도 나는 집으로 돌아와 눈물을 흘렸다. 뺨을 치며 나를 비난하는 대신 안아줄 수도 있었잖아! 이런 바보 같은 생각만 들었다. 아이 일은 안중에도 없이, 그저 나와 가장 가까웠던 내 편 하나를 잃었다는 상실감에 빠져 탄식했다.

그때 옆에서 딸아이 소리가 들려오는듯 해 고개를 돌려보니 모르는 얼굴이었다. 화장실 앞에서 엄마를 찾고 있는, 낯 모르는 아이였다.

나는 자갈길을 따라 달리기 시작했다. 빨리 아이를 찾아야지, 어디로 가버린 걸까. 어쩌면 나무 뒤에 숨어서 몰래 나를 지켜보고 있는지도 몰라. 빽빽한 나무 뒤를 찾아봤지만 아무도 없었다. 아이 이름을 부르며 뛰어다녔다. 대답은 돌아오지 않았다. 공원에는 사람들이 많이 있었지만 무척 고요했다. 자갈길을 달리기에는 샌들이 너무 불편했다. 어째서 이렇게 잔뜩 자갈을 깔아놓은 거야! 몇 번이나 넘어질 뻔할 때마다 화가 치밀어 올랐다. 나무가 지나치게 많이 심어져 있는 것도 짜증이 났다.

뭐가 '불로뉴의 숲'이라는 거야? 이런 음침한 일본식 정원이! 이렇게 생각한 순간 공원 한가운데에 있는 호수가 떠올랐다. 수면 위로 아이의 몸이 떠오르는 장면이 눈앞에 그려졌다. 내가 그런 말을 해서, 내가 아이를 때려서 그런 일이 일어난다면. 이걸로 끝이라고 생각하면 오산이라는 남편의 말은 이런 의미였을까? 나는 두르고 있던 앞치마를 벗어서 쥐고 짙고 푸른 물살을 제치고 나아가듯 양손을 휘저으며 호수를 향해 달렸다.

오늘 아침에도 일요일이면 늘 그랬듯 해가 중천에 뜰 때까지 이불 속에 있었다. 나를 찾는 아이 목소리가 들리긴 했지만 눈을 감고 계속 잤다. 잠자리에서 일어나지 않는 엄마를 흔들어 깨우다 지쳐 자다 깨다를 반복한 아이는 이번엔 포기하지 않고 나를 깨우려 열심이었다. 이불을 들추더니 내 위에서 말을 타거나 머리카락을 잡아당기기도 하고, 자기 장난감이나 책을 되는대로 마구 나를 향해 던졌다. 그래도 내가 꼼짝하지 않자 아이는 배고프다며 울기 시작했다.

"우유도 있고 빵도 있잖아, 뭐든 먹고 싶으면 먹으면 되잖니."

나는 눈도 뜨지 않고 말했다. 아이가 한동안 조용히 있길래 안심하고 다시 잠들려는데, 다시 아이의 우는 소리가 귓가에 울리기 시작했다.

"우유를 흘렸어요, 다 젖었어요. 컵도 깨져버렸어요……."

하는 수 없이 일어나 주방에 가보니 바닥엔 우유가 흥건하고 깨진 유리병 조각들이 곳곳에 널린 장난감들 사이로 여기저기 흩어져 있었다. 냉장고 문은 열린 채였고, 아이 손에서는 피가 흐르고, 잠옷 상의는 우유로, 아래는 오줌에 젖어 있었다. 머리카락에까지 우유가 튄 아이를 혼내지도 못하고, 나는 잠옷 차림으로 청소를 시작했다.

매주 이런 아침을 맞이한다. 그럼에도 아랑곳하지 않고 일요일은 늦게까지 잠을 잔다. 1분이라도 더 자려고 안간힘을 쓴다. 조금만 더 쉬면 피로가 곧 풀릴 거라 믿으며 이불과 한몸이 된다.

오늘 아침에도, 나와 함께 꿈나라로 가주려 하지 않는 딸에게 넌더리를 내며 겨우 이불 밖으로 나왔다. 어질러진 것들을 치우고, 아침도 점심도 아닌 식사 준비를 마치니 어느새 시곗바늘이 한 시를 지나고 있었다. 세탁기를 돌리는 동안 장을 보고 겨우 집 청소만 했을 뿐인데 어느새 일요일이 거의 끝나가고 있었다. 다림질도 해야 하고 고칠 것도 있는데, 그렇게 생각하는 것만으로도 어느새 피로가 다시 밀려와 그대로 다다미 위에 누워버렸다. 이번 일요일도 이렇게 아무 일 없이 지나가는 걸까? 뭔가를 간절히 기다리는 내가 있었다. 이런 기대가 확실하게 실망으로 바뀌리란 걸 안다. 언제나처럼 아이와 나, 둘뿐임을.

틀어둔 TV로 가요프로그램을 보았다. 설거지할 기운도 없었다. 딸이 다시 나를 조르기 시작했다.

"엄마, 또 자는 거야? 오늘은 일요일이잖아요, 어린이집도 안 가는 날이잖아요."

아이는 밖으로 나가고만 싶어했다.

"집에만 있으면 심심해. 아무도 나랑 놀아주지도 않고, 그러니까 우리 밖으로 놀러 나가요."

아무 반응도 보이지 않고 있으니, 딸은 외롭고 심심하다며 훌쩍 훌쩍 울기 시작했다.

아이를 데리고 계단을 내려와 밖으로 나오니 아이는 신이 나 외쳤다.

"우리 공원에 가요! 브로니의 숲!"

"브로니 아니고 불로뉴의 숲이야."

애써 밝은 목소리로 답했다. 기껏 유명한 공원 가까이에 이사 왔음에도, 불로뉴라는 그럴듯한 이름을 입에 담아보기나 했지, 지금껏 한 번도 가본 적이 없었다. 그래, 불로뉴의 숲이라면 일요일다운 하루를 보낼 수 있을지 몰라. 나무, 연못의 수면, 흙과 풀 냄새.

"그럼 가볼까? 오늘은 날씨도 좋아서 공원에 가면 사람들도 많이 있을 거야." 그렇게 아이와 손을 잡고서 공원을 향해 걷기 시작했다. 집에서 공원까지는 10분이면 충분했다.

호수 근처에도, 수면 위에도 딸의 모습은 발견할 수 없었다. 호숫가 주변에 파릇파릇 돋아있는 잔디로 햇빛이 쏟아지고, 가족으로 보이는 사람들이 삼삼오오 모여 돗자리 위에 집에서 싸온 도시락을 펼치고 있었다. 깃털이 약간 더러워 보이는 오리가 세 마리, 그 오리에게 먹이를 주는 아빠와 아이의 모습이 보이고, 캐치볼을 즐기는 사람들도 있었다.

서둘러 그곳을 지나 나무가 무성한 수풀로 들어갔다. 그곳에도 돗자리를 깔고 도시락을 먹는 가족들이 꽤 있었다. 노랫소리와 웃음소리가 들려왔다. 그곳에 딱 하나 빈자리가 난 벤치를 발견해 잠시 앉았다. 허둥대보았자 이미 늦었어. 갑자기 담배가 간절했다. 하지만 지갑을 집에 두고 왔다. 모르는 사람에게 담배를 빌리는 것도 이상할 것 같아서 결국 흡연 중인 사람들을 지나쳤다. 숲을 이루고 있는 나무를 바라보다, 발 아래 흙을 보기도 했다. 뭔가 반짝 빛나는 물체가 보였다. 뭔가 하고 가만히 살펴보니 그건 음료수 캔 꼭지였다.

내 딸과 또래인 남자아이가 다가왔다. 혹시 내게 무슨 용건이라도 있나 싶어 앉은 자세를 바꾸는 동안 남자아이는 다른 곳으로 달려갔다. 누군가 모로 누워있는 벤치 앞에 걸음을 멈춘 아이는 내 쪽으로 고개를 돌려 다시 나를 바라보았다. 웃고 있는 것 같았다. 몸을 일으켜 그쪽으로 다가갔다. 벤치에 누워있는 여자는 일전에 한번 본 적이 있는 얼굴이었다. 나도 아이에게 웃음을 지어 보였지만 아이 이름도 모르는 데다, 자는 사람을 굳이 깨워야 할 정도로 그녀와 친한 사이도 아니라서 그대로 지나쳤다.

2, 3주전 어린이집 학부모 회의에서 본 적이 있는 여자였다. 회의에 늦었는데 그런 나보다 더 늦게 온 사람이 있길래 다행이다 싶었다. 처음 보는 얼굴이었다. 올해 4월부터 다니기 시작한 듯했다. 짙은 밤색의 티셔츠에 청바지를 입은, 약간 보이시한 차림

새였다. 그래서인지 여성스러운 이목구비가 더 눈에 띄는 여자였다. 피부가 하얗고 단정한 얼굴이었다. 아이가 집에서 어떻게 지내고 있는지 교사와 이야기를 나누는 내용을 들어보니 그녀도 나처럼 아이와 둘만 사는 듯했다. 아이와 같은 반이라는 것쯤은 알고 있었지만, 그날 이후 딱히 마주칠 기회가 없었다.

벤치에서 멀어져 가는 동안, 내가 말을 건다 해도 그녀가 나를 기억하기나 할까 싶어서 조금 의기소침해졌다. 기억할 리 없지. 내가 아이와 둘만 산다는 걸 주변에 굳이 알리고 싶지 않아 아이 보육교사에게조차 말하지 않았다. 그래도 얼굴 정도는 기억해주지 않을까…….

"우리 어디선가 만난 적 있지 않나요?"

어쩌면 그녀가 먼저 말을 걸어줄지도 모른다. 그럼 요전번 어린이집 학부모회의 때 일을 언급하며 자연스럽게 나도 말을 건넬 수 있다.

"혹시 그쪽도 혼자세요? 사별했나요? 아니면……."

그럼 그녀는 시원스레 대답을 해줄 것 같은 느낌이 들었다.

숲으로 이어진 언덕길을 오르는 동안 그런 상상을 했다. 공원에 아이를 데리고 왔는데도 느긋하게 벤치에 누워 잠들 수 있는 그녀의 여유가 부러웠다. 아직 내게 들러붙어 있는, 나를 괴롭게 하는 그 무언가가 그녀에게서는 보이지 않았다.

"얼마 전부터 남편과 별거를 시작했는데, 벌써 피로에 절어 막 다른 골목에 다다른 기분이에요. 당신처럼 느긋해질 수가 없어요. 지금도 아이가 사라져서 찾는 중인데 이렇게 넓은 공원에서 아이를 어떻게 해야 찾을 수 있을지…….”

“아, 간단해요. 그거라면.”

그녀는 쾌활한 목소리로 답했다. 벤치에서 몸을 일으키더니 멋들어지게 휘파람을 불며 사냥개처럼 휙 내 앞으로 다가왔다.

그녀는 미소를 띤 얼굴로 내게 휘파람 부는 법을 가르쳐준다.

“그럼 우리 이제부터 다 같이 모여 즐겁게 놀자. 공원 문 닫을 때까지 아직 시간이 많으니까. 무슨 놀이부터 할까?”

아이들은 저마다 하고 싶은 놀이를 큰 소리로 외치기 시작했다.

“술래잡기요!”

“수건 돌리기요!”

“그러지 말고 벤치가 있으니 타카오니(주: 술래보다 높은 곳에 있어야 잡히지 않는 놀이)가 재미있지 않을까?”

내 제안에 모두 타카오니를 시작한다. 딸도 나도 오랜만에 땀을 흠뻑 흘리며 놀았다.

“진짜 재미있었지?”

그녀의 질문에 모두 힘껏 고개를 끄덕이는…….

나는 점차 걸음을 빨리해 산 정상에 올랐다. 전망이 탁 트인 휴게소가 하나 서 있는 꽤 큰 석가산(石假山)일 뿐이지만, 구불구불 이어진 길 양옆으로 나뭇가지가 터널 모양을 이루고 있어 꽤나 오르는 맛이 있는 산이었다. 정상에 있는 휴게소까지는 5분도 되지 않아 도착할 수 있었다. 그곳에서 딸의 모습을 발견했다. 휴게소 구석에서 아이는 울다 지쳐 잠든 모습이었다.

동그랗게 몸을 말고 자고 있는 아이를 바라보는 동안, 어린 시절 초등학교 강당 구석에 숨어있던 남자애가 불현듯 떠올랐다. 반나절이나 그 남자애가 보이지 않아 교사는 물론이고 학생들까지 나서 그 애를 찾기 시작했다. 그때 나는 강당에 갔다. 진지하게 그 애를 찾을 생각은 아니었다. 그저 교실에 남아 있다가는 선생님께 혼날 것 같았고, 학교 건물 중 가장 넓고 딱히 숨을 곳이 없어 보여 강당에 들어간 것뿐이었는데, 그곳에서 기묘한 신음소리가 들려온 것이다. 무대 뒤쪽에서 들려오는 그 소리에 놀란 나는 한달음에 도망쳐 나왔다. 아무에게도 그 이야기를 하지는 않았다. 이유가 뭐가 됐든 불길한 그 소리와 엮이고 싶지 않았다. 교실에서 멍하니 반 아이들이 돌아오길 기다렸다.

하나둘 아이들이 자리로 돌아오더니, 누군가가 그 남자 아이를 찾았다고 알려주었다.

"강당 구석에서 찾았대. 그 녀석 뼈에 금이 가는 바람에 움직이지 못해서 울고 있었다나 봐. 게다가 옷에 오줌까지 쌌대. 바보같이. 소리를 크게 질렀으면 되잖아."

정말 그랬다. 어째서 도와달라고 소리라도 지르지 않았는지 이상한 애라고 생각했으나 그뿐이었다. 하지만 그곳에서 혼자 얼마나 무섭고 고독했을까⋯⋯. 아무도 없는 무대 뒤에서 붉게 쳐진 커튼 안쪽으로 몸을 숨기고 싶어졌을 정도의 고독이 아니었을까?

그후 오래 지나지 않아 그 애는 전학을 갔다. 강당에서 있었던 일과 관련이 있는 전학이었는지는 알 수 없지만 막연하게나마, 그리고 이제 와서 생각할수록, 그때의 일과 깊은 관련이 있는 것처럼 느껴졌다.

"그만 일어나, 감기 걸려."

아이의 어깨를 흔들었다. 딸은 어리광을 부리듯 콧소리를 내더니 몸을 일으키는 대신 내 무릎에 매달렸다.

"그럼, 엄마가 업어줄 테니 일어나봐."

"⋯⋯으응."

아이는 눈을 감은 채 힘없이 몸을 일으켰다.

"어서 업혀."

아이를 업는 건 아주 오랜만이었다. 이제는 아기가 아닌 딸이 무거워 힘에 부쳤다. 아이를 등에 업은 채 허리를 겨우 펴고 일어서니 순간 눈앞이 핑 돌았지만, '지금부터는 아빠가 해줘야 할 일도 내가 하지 않으면 안 돼' 하는 생각이 들었다. 이건 아빠 되기 연습이라는 다짐과 함께 미끄러지지 않도록 발밑을 주의하며 언덕을 따라 내려갔다. 딸은 다시 꾸벅꾸벅 잠이 든 건지, 내 등이 뜨듯했다. 무겁고 예쁜 혹이었다.

"영차, 영차."

　나는 작은 목소리로 구령 소리를 내며 발맞춰 계속 걸었다. 이미 절정을 지난 철쭉 향이 숨막히게 진했다.

　언덕을 거의 내려갔을 때쯤 등에 업힌 아이를 흔들어 보았다. 아무런 반응이 없었다. 이마와 눈에 고인 땀을 훔친 후 다시 걷기 시작했다.

　벤치에 누워있던 그 여자는 이미 보이지 않았다. 남자애도 없었다. 남은 사람들도 슬슬 돌아갈 채비를 하는 것 같았다. 아직 그녀의 체온이 남아 있는 듯한 벤치에 앉았다. 잠에서 덜 깬 아이가 알아듣지 못하는 말로 웅얼거렸다. 숲 속의 나무를 가만히 바라보았다. 느티나무와 달리 묵직해 보이는 가지들이 하늘을 뒤덮고 있었다. 종일 햇빛이 거의 들지 않는 어두운 숲이었다. 여기서 밤을 보내려면 얼마나 큰 용기가 필요할까⋯⋯. 별은 고사하고 달빛조차 스며들지 않는 곳. 한번 도전해보고 싶은 충동이 일었지만, 동시에 생경한 공포가 나를 덮쳤다. 볕이 잘 드는 호숫가에는 아직 사람들이 많이 모여 있겠지. 서둘러 몸을 일으킨 나는 등에 업힌 아이가 떨어지지 않도록 다시 자세를 바로잡고 호수를 향해 걷기 시작했다. 내 뒤 어딘가에서 무언가가 반짝이며 나를 따라오는 듯한 느낌이 들었다. 작지만 뜨거운 빛.

　"뒤에 뭐가 따라오는지 한번 봐줄래?"

　나는 아직 잠에서 덜 깬 딸에게 말을 걸었다. 아이는 하품을 하더니 뒤를 보는 것 같았다.

"아무것도 없어요."

"그래? 사람도 없어?"

"있어요. 안경 쓴 아저씨랑 또 아줌마랑……."

"그럼 됐어."

약간 실망한 나는 아이의 말을 막았다.

"무서운 게 따라와요?"

"아냐, 이제 괜찮으니 그만 봐도 돼."

밝은 호수를 향해 보폭을 크게 해서 성큼성큼 걸어갔다.

"늑대? 여우? 곰?"

"그만하라고 했을 텐데. 이제 그 이야기는 끝났어."

"엄마 말해줘요, 늑대? 여우?"

"늑대야, 늑대. 이제 됐지? 그러니까 그만 입 다물어."

"치잇, 늑대 같은 거 없는데. 엄마는 이상해."

"시끄러운 아이구나. 됐으니까, 그만 내려서 걷자."

다시 짜증스러운 마음이 소용돌이치기 시작했다.

하지만 아이는 해맑은 표정으로 호수를 향해 달려갔다. 나는 숨을 헐떡이며 아이 뒤를 쫓아갔다. 작은 오솔길을 벗어나니 버드나무 한 그루가 서 있었다. 어둠에 익숙해진 눈에는 서쪽으로 기울어진 석양을 가득 받은 나무가 눈부셨다. 낮게 드리워진 가지를 잡으려고 아이가 팔짝 뛰었다. 그래, 이 가지를 몇 개 붙잡아서 아이를 놀라게 해줘야겠다. 눈부신 빛을 가리려 이마에 손 그늘을 드리우고 딸에게 다가갔다.

그해 가을, 공원에서 만난 여자의 집에 화재가 있었다. 아이도 엄마도 운 좋게 큰 부상은 입지 않았지만, 불이 옮겨붙은 옆집은 불에 탄 시신이 두 구나 나왔다는 소문이 들려왔다. 신문에 기사도 났다는데 특별히 관심을 두지는 않았다. 여자가 단골 술집에서 한잔 마시고 있는 동안 아이가 라이터를 가지고 장난을 치다 일어난 화재였다고 들었다. 그때 처음으로 그녀가 실수로 생긴 아이를 혼자서 키우는 미혼모라는 것과, 세 평짜리 단칸방에서 살고 있다는 것, 그리고 경제적인 이유 때문인지 여러 남자들이 밤늦게 그 집을 들락거렸다는 소문 등을 어린이집 다른 엄마에게 전해 들었다. "늦은 밤 아이가 혼자 돌아다니는 걸 자주 보긴 했어요. 저러면 안 될 텐데……. 이런 걱정을 하긴 했지만, 낮엔 회사에 다닌다고 해서 괜찮은가보다 했죠. 하지만 역시 이런 일이 생겨버렸네요. 그 엄마 돈도 없어 보이던데 이런 경우 보상 같은 건 어찌되는 건지……."

불이 난 그녀의 집이 어딘지 위치를 확인한 뒤, 나는 딸을 데리고 가보았다. 그 집을 비롯해서 양쪽에 있던 건물이 죄다 타버린 모습이었다. 검게 그을린 나무가 추상화처럼 대담하게 선을 그리며 가을 하늘에 드러나 있었다. 가재도구들은 이미 정리가 된 상태였다. 출입을 막기 위해 바리케이트를 친 그곳에는 물론 그녀도, 그녀의 아이도 보이지 않았다.

그녀가 사는 집이 어디였을까? 검게 그을린 자국들을 눈으로 좇으며 어쩌면 그날 공원에서 등뒤로 느껴지던 뜨거운 빛의 정체가 바로 이 불빛이었는지 모른다는 생각이 마음속 깊은 곳에서 우러나왔다.

그날 그녀에게 아름답게 빛나는 버드나무를 보여주지 못한 일이 두고두고 아쉬웠다. 기억 속에 새겨진 그 나무는 불꽃처럼 눈부시게 타오르고 있었는데.

그해 가을, 나는 구청에 이혼신청서를 가지러 갔다.

4. 새의 꿈

방안에는 사람들이 가득 앉아 있었다. 왜 모인 건지는 잘 모르겠지만, 서예학원의 교실로 보이는 곳 벽에 학생들이 쓴 붓글씨 종이가 일렬로 걸려 있었다.

누군가 내 이름을 불렀다. 한 남자가 고개를 들어 내 얼굴을 쳐다보길래 그 남자 가까이 다가갔다. 남자는 불쾌한 얼굴로 숨을 거칠게 내쉬고 있었다. 술을 마신 듯한 모습이었다.

"저게 당신이 쓴 거지?"

남자는 벽에 걸린 종이 하나를 턱으로 가리키며 물었다. 서예를 배운 기억은 없지만, 남자의 말에 의하면 내가 쓴 것이 맞는 거 같길래 고개를 끄덕였다.

"최악이군. 구원의 여지가 전혀 없어. 각오는 돼 있나? 이거야 원, 나까지 의욕이 사라지는군."

남자는 얼굴을 찡그린 채 고개를 저었다. 역시 더 이상 도망갈 곳은 없는 걸까? 내가 썼다고 하는 그 종이가 두려워 술 냄새를 풍기는 그 남자에게 매달렸다. 병든 아이처럼 온몸에 열이 올랐다.

남자는 다시 투덜거렸다.

"후……. 어떻게 좀 해볼 수 없나? 나는 사실 술이 약한 사람이라고."

남자는 어깨를 툭 떨어뜨리고 깊은 한숨과 함께 줄곧 신음하듯 탄식하더니 더 이상 아무 말도 하지 않았다. 남자의 목덜미가 생선알처럼 부풀어 오르기 시작했다. 머리카락과 옷은 땀으로 점점 젖어갔다.

수건이 있다는 걸 떠올린 나는 그 하얀 수건으로 남자의 목덜미를 가볍게 눌러 닦기 시작했다. 남자의 비위를 맞추려고 수건을 쥔 손의 세기에 세심하게 신경썼다. 힘을 크게 가하지 않으면서 그렇다고 지나치게 약하지도 않게, 자국이 남아서도 안 되며, 내 정성이 남자의 목덜미를 닦는 동안 제대로 전해져야만 한다. 나는 이런 생각과 더불어 깊은 나락으로 떨어지는 듯한 아득함을 느꼈다. 그건 마치 격한 환희의 감각과 유사한 종류의 것이었다.

남편과 떨어져 살기로 한밤중에 이야기를 나눈 날부터 종종 이런 격한 환희에 휩싸이는 꿈을 꾸고는 했다. 꿈에서 본 남자는 누구라고 특정하기 어려웠다. 꿈에서 깨어나면 현실에서는 집착할 만한 것이라고는 조금도 없는 남자를 그런 대상으로 삼았다는 데 신경이 쓰였다. 그는 얼굴도, 차림새도, 멋대로 바꾸기 쉬운 흔한 존재였다. 남자라는 것 외에는 아무런 공통점도 없었다. 꿈속에서 나오는 사람은 그저 내가 아는 남자 중 아무나였다. 학창 시절 학원 선생님, 사촌오빠, 중학교 때 수학 선생님, 같은 동아리 활동을 하던 소년 같은 얼굴의 선배 등 상대는 그때그때 바뀌었고, 내 행동도 각각 다르지만 절정에 이르렀을 때 느끼는 환희만큼은 같았다. 두려움이 고스란히 기쁨으로 바뀌는 순간이었다.

눈을 떠보면 같은 이불에서 자고 있던 딸이 나를 휘감고 있었다. 가슴에 다리를 올리고 팔뚝에는 볼을 댄 모습으로. 어째서 이런 꿈만 꾸는 건지 스스로가 한심하기 짝이 없었다. 게다가 꿈속에서 맛본 희열이 순식간에 사라져버린 걸 못내 아쉬워하는 스스로가 몹시 실망스러웠다. 왜 아이를 안을 때의 행복이 꿈에서는 느껴지지 않는 걸까. 내가 바라는 꿈을 꿀 수 없다는 것이 괴로웠다. 꿈이 재판에 증거로 제시되기라도 한다면, 딸을 친부에게서 억지로 빼앗아온 나쁜 엄마의 양육권을 당장 철회하라는 판결을 받을 게 틀림없다. '주체할 수 없는 욕망으로 천박한 꿈이나 꾸는 자격 없는 엄마입니다, 저 여자는.' 설령 그런 말을 듣는다 한들 반론의 여지가 없었다. 꿈속에서 내가 느낀 희열은 상상을 초월할 정도로 강력해 도저히 잊기 힘들었다. 꿈속의 남자들은 모두 병약한 아이처럼 나를 안을 수 없는 존재인데도 내가 느낀 감각은 성적인 쾌감이라고밖엔 달리 표현할 길이 없었다.

딸의 네 살 생일이 다가오고 있었다. 6월 장마철과 겹치는 시기였지만 딸이 태어난 날은 한여름처럼 무더웠고 하늘이 종일 눈부시게 파랬다. 진통 간격이 빨라지길 기다리며 병실 창문으로 하늘을 보았었다. 우리 아기는 운이 좋아. 아기가 태어나자마자 남편과 그런 말을 하며 웃었다. 바로 전날까지 비바람이 거센 나날들이 이어졌기 때문이다.

딸 생일을 핑계 삼아 지인 몇 명을 집으로 초대해야겠다고 생각했다. 딸이 태어난 날부터 퇴원하는 날까지 출산을 축하해주기 위해 지인들이 몇 명이나 방문했다. 주로 남편 쪽 손님들이 많았지만, 아기를 바라보는 사람들의 얼굴에는 저마다 애정 어린 미소가 담겨 있었다. 자기를 축복하는 어른들에게 둘러싸인 채 잠이 든 아기의 모습을 나 또한 행복한 마음으로 바라보았다. 깜짝 놀랄 만큼 잔뜩 쌓인 선물을 하나하나 떠올렸다. 아기 옷, 베이비 슈즈, 앨범, 모빌, 오르골…….

남편의 친인척은 물론이고, 아무리 친한 사람이라도 그들을 이번 아이 생일에 초대하는 일은 불가능하다. 아기였던 딸을 미소 띤 얼굴로 바라보던 그때 그 사람들 중에서 부를 수 있을 만한 사람이 몇이나 될까? 지난 세월 동안 잊고 있던 그들의 얼굴을 떠올리며 피어나는 기대감을 꾹 눌러 지우기 시작했다.

짜증스러운 일이 줄지어 일어났다. 아이가 어린이집에서 수두를 옮아와 한 달이나 어린이집에 보낼 수가 없었다. 그렇다고 일을 쉴 수도 없는 처지라 하는 수 없이 아이를 친정에 맡겼다. 그러나 엄마마저 몸이 안 좋아져 마지막 일주일은 내가 휴가를 내야만 했다. 그즈음 상사인 고바야시가 간경화로 입원하게 되면서 대신 정년을 앞둔, 다른 부서의 스즈이라는 사람이 도서관으로 발령을 받았다. 고바야시가 설령 퇴원한다고 해도 다시 출근할 수 있을 것 같지는 않았다. 고바야시 자신이 원한 일이었음에도 내 마음은 몹시 무거웠다.

스즈이는 조용하고 근면한 사람이었다. 특별히 까탈을 부리는 타입이 아니기는 했지만, 지난 4년간 고바야시에게 익숙해진 나로선 나도 모르는 사이에 직장에서까지 여러 가지 것들이 바뀌어 버린 것만 같아서 어찌할 바를 몰랐다. 빨리 새 상사에게 적응해 보조를 맞추지 않으면 안 된다는 초조함은 아이가 수두에 걸리면서 극에 달했다. 휴가를 신청할 때 어째서 남편의 도움을 받을 수 없는지에 대해 스즈이에게 밝힐 수밖에 없었다. 고바야시와는 달리 내 사정을 모르는 새로 부임한 상사에게 하필 이런 보고를 해야 한다는 것이 굴욕적이었다.

"그럼, 이제 정식으로 이혼 절차만 남은 건가요?"

스즈이의 질문에 아직 잘 모르겠다고 대답하는 스스로가 비참하기 짝이 없었다. 남편이 돌아오길 기다리는 것도 아니었고, 그렇다고 정식으로 이혼을 결심한 것도 아니었다. 회사를 쉬는 동안 스즈이가 내 부서를 바꾸는 건 아닐지 불안했다. 한 명밖에 없는 조수가 이런 때 휴가를 내는 게 환영받을 일은 아닐 테니까 말이다.

나는 엄마와 제대로 얼굴을 마주하는 일도 할 수 없었다. 엄마 집으로 돌아가려 하지 않는 건 스스로가 떳떳하지 않았기 때문이다. 나마저 없으면 엄마가 혼자 될 거란 걸 알면서도 과거의 나는 남편을 따라 집을 나왔다. 그 남편이 이제 사라졌다 해서 가출 소녀라도 된 듯 돌아갈 수는 없었다. 아니, 혼자 살아야지만 내 인생을 구원해 줄 어떤 존재를 맞이하는 시작이 되지 않을까 하는, 단

순하고도 성급한 기대를 품고 있었던 것이다. 그 기대가 자꾸 나를 주저하게 만들었다. 친정으로 돌아가는 대신 아이와 긴물 4층에 따로 집을 얻은 딸을 위해 엄마는 음식을 장만해 가져다 주기까지 했다. 혼자 살면 아무래도 제대로 된 음식을 만들어 먹기 귀찮을 거라는 구실을 붙여 엄마는 양배추 롤이나 닭튀김, 시금치 반찬 등을 식탁 위에 차려두고 서둘러 집으로 돌아갔다.

엄마와 아이 그리고 나, 이렇게 셋이서만 딸의 생일을 치른다고 생각하니 좀처럼 견딜 수 없었다. 초라하고 울적했다. 쓸쓸한 엄마 인생에 나와 딸의 쓸쓸함을 더하는 일은, 아무리 그곳에 커다란 평온이 있다는 걸 알아도 외려 더욱 두려웠다.

딸 생일파티에 초대할 사람을 세 명 골랐다. 실은 그 셋 외에는 부를 만한 사람이 없었다. 둘은 고등학교 동창이고, 다른 하나는 딸과 같은 어린이집에 다니는 아이의 엄마다. 셋 다 불과 1년 전까지만 해도 종종 놀러 와 남편과도 같이 어울릴 정도로 격의 없는 사이였다. 그중 한 명에게는 남편과 별거를 일부러 전할 정도로 가까웠다. 아직 남편의 별거 선언을 단순히 변덕으로 여기던 시기였다. 어쨌든 셋 다 비슷한 정도로 친밀한 사람들이라 한동안 만나지 않더라도 남편과 내 상황을 저마다 눈치채고 있을 터였다. 남편과 내가 각기 다른 집으로 이사한 후에도 남편이 그중 한 명에게 연락해서 내 근황을 묻기도 하고, 그럼 그 친구가 다시 내게 전화를 걸어와 조언을 하거나 남편과 내 불화의 원인을 분석하기도 하면서 인생철학까지 토론하는 식이었다. 어쨌든 전화 연락은 계속 주고받고 있었다.

딸 생일 전날이 되어서야 겨우 그중 한 명에게 전화를 걸어볼 용기가 생겼다. 지금의 내게 누군가를 초대한다는 건, 예전처럼 유쾌하고 편하게 어울리던 시절을 나 혼자 힘으로 재현해 보는 일이나 마찬가지라고 생각했다. '음식은 어떤 걸로 장만할까? 생일 케이크는 역시 형식적으로라도 있어야겠지? 꽃도 사고 손님 수대로 종이컵도 사야지.' 이런 즐겁고 소소한 고민들을 하다 보면 당분간은 신나는 기분으로 지낼 수 있었다. 하지만 그 친구들이 초대에 응해 주려나 싶은 마음이 드는 순간 실망만 커질 따름이었다. 차라리 친정에서 오붓하게 축하하며 보내는 것이 나을지도 몰랐다. 하지만 미련 없이 단념하는 것이 쉽지는 않았다. 걱정이 지나치게 앞서 그럴지도 모른다. 단 한 명만 온다고 해도 뜻밖의 기쁨과 만날 수도 있다.

처음 전화를 건 친구는 아이가 감기에 걸려 도저히 초대에 응할 수 없을 것 같다고 말했다. 그보다 아이 생일에는 나보다는 아이 친구를 초대해야 하는 거 아니냐고, 아이 아빠를 부르는 것이 낫지 않겠냐고, 아이 생일을 축하해주지 못해 틀림없이 신경을 쓰고 있을 거라고, 그녀는 웃으며 덧붙였다.

다음 친구에게 전화를 걸어보았다. 그녀는 결혼은 했지만 아직 아이가 없었다.

"아이 생일파티에 나를 초대한다고? 그거 좀 이상하잖아."

역시 그녀도 웃는 목소리로 거절했다. 내일 남편의 여동생이 집으로 찾아오기로 해서 안 된다면서. 그건 그렇고, 내 남편도 그러던데, 너네 부부는 아이도 있으니 좀 더 신중하게 생각해보는 것이 좋지 않겠냐고. 특히 딸이니까 더 신중해야 한다고 덧붙였다.

오기가 생긴 나는 마지막 세 번째 친구에게 전화를 걸었다. 아이를 어린이집에 데려다줄 때 거의 매일 마주치긴 하지만, 최근에는 제대로 대화를 나눌 기회가 없었다. 그녀는 간호사로 야근이 많았고 이날도 야간 근무 중인지 집에 없었다. 대신 그녀의 남편이 전화를 받았다. 내 남편과도 몇 번 술자리를 한 적이 있어서 편하게 메시지를 남겨도 되는 상대였는데도 이상하리만치 허둥대고 말았다. 그녀의 남편이 내게 뭐 전할 말이 있으면 남겨달라고 하는데도, 괜찮다며 서둘러 전화를 끊었다.

시각은 밤 10시를 지나고 있었다. 수두로 인한 발진이 마지막 딱지만을 남기고 가라앉아 다음 주부터 다시 어린이집에 갈 수 있게 된 딸은 생일보다 그날을 더 기대하며 1시간 전 일찌감치 잠자리에 들었다. 아이가 잘 자는지 보러 가 이불을 고쳐 덮어주고 지갑을 들고 밖으로 나왔다. 집에 있으려니 너무 불안해 가만히 있을 수가 없었다. 무의미한 것들만 고민하니까, 무의미하게 끝나버리는 거야. 이런 자책도 해봤지만 마음이 가라앉지 않았다. 더 빨리 초대할 걸……. 한편, 이런저런 구실을 붙이는 대신, 보고 싶은데 좀 와달라고 부탁했다면 기대가 이렇게 무참하게 깨지지 않았을 텐데. 흘려보낼 수 있는 거라면 실망감을 흘려보내고 싶었다. 하지만 내 두 다리는 실망으로 떨리고 있었다. 바라는 건 사실 아주 작은 것이었는데, 그것도 조심스레 손을 뻗었을 뿐인데, 그마저 이토록 외면당해야 할 일인지, 주먹을 꼭 쥐고 빠른 걸음으로 자동차 불빛을 노려보며 걷고 또 걸었다.

역 앞을 지나, 야트막한 경사를 따라 내려가다 길이 두 갈래로 갈라진 곳에 있는 작은 술집에 들어갔다. 아파트 상가 1층에 있는 아담한 술집이었다. 그곳에는 주인으로 보이는 남자, 반짝이가 섞인 검정색 블라우스를 입은 여자, 그리고 업무 관련 서류를 테이블 위에 펼쳐둔 중년의 남자가 있었고, 카운터석에는 나보다 나이가 많아 보이는 피부색이 짙은 여자가 앉아 있었다. 나도 카운터에 자리를 잡고 위스키를 주문했다. 조용한 가게였다. 벽 쪽에 놓인 열대어 수족관에서는 어슴푸레 빛을 발하고 있었다. 가게에 있는 두 사람은 카운터 안쪽에 놓인 TV에 빠져 있었다.

처음에는 지금까지 혼자서 술집에서 술을 마셔본 적이 없다는 사실을 가게의 다른 사람들이 금세 알아차릴 것만 같아 긴장한 나머지 주위를 살펴볼 겨를이 없었다. 이윽고 시간이 흐르는 동안 다른 손님들의 모습을 관찰하다 그중 한 명이 눈에 익은 얼굴이란 걸 알게 되었다. 누군가와 닮은 걸까? 그게 아니면 이 근처에 사는 사람이라 오가다 마주친 적이 있나? 일단 그런 생각이 들기 시작하니 그녀를 향한 신경을 끄기가 어려웠다. 그 여자도 내 시선을 느꼈는지, 나를 향해 짜증이 섞인 목소리로 말을 걸었다.

"뭐죠?"

갑작스러운 질문에 오히려 내 쪽이 깜짝 놀라, 웅얼웅얼하는 목소리로 먼저 사과를 한후, 변명을 덧붙였다.

"어디선가 본 적이 있는 것 같아서요"

하지만 정면에서 본 그녀의 얼굴은 옆모습과 인상이 아주 달라 본 적이 없는 얼굴이었다. 화장기가 없는데 아이라인을 두껍게 그린 눈매가 인상적이었다. 둥근 얼굴형에, 눈썹이 짙고 눈도 컸다. 입술을 칠하지 않아서인지는 몰라도 안색이 안 좋아 보였다. 그녀도 나처럼 샌들을 신고 있었다.

"이 근처 분이시라면 몇 번 마주쳤을지도 모르겠어요. 저는 역 저쪽에 살거든요."

내가 이렇게 말하자 겨우 표정이 풀린 그녀는 가볍게 맞장구를 치며 말했다.

"나야 이 근처에 살아서 그쪽으로 자주 가는 편은 아니지만, 그 근처에 약국이 있죠? 거기 종종 가요. 사은품 도장을 모으고 있거든요."

"아, 저도요!"

사은품 도장 이야기가 나오자 갑자기 대화에 활기를 띠었다. 도장을 모으기도 힘들고 다 모은 후 주는 선물도 별 게 아닌데도, 일

71

단 도장을 하나 받기 시작하면 아무래도 계속 모으고 싶은 욕구가 생기지 않냐고, 정말 그렇다고, 우리는 왁자지껄 웃으며 고개를 끄덕였다. 우리 둘 다 회사를 다니고 있고, 아침에 전철을 타는 시간도 비슷해 더더욱 친밀한 기분이 들었다. 어쩌면 우리 매일 아침 지나쳤을지도 모른다며 신이 난 내가 그렇게 말하자 그녀도 건배를 권하며 말했다.

"여기서 우연히 만나지 않았다면 앞으로도 서로 모르는 채로 살았을 건데, 이것도 인연이니 한잔해요."

그녀의 커다란 눈은 술 때문에 붉게 충혈되어 있었다. 원래도 술이 그렇게 센 편은 아닌지 일단 술을 마시기 시작하자 금세 취기가 오른 그녀는, 요즘 산스크리트어를 배우고 있다고 낮은 목소리로 속삭였다.

"곧 인도에 갈 예정이야. 인도에 가면 다신 돌아오지 않을 거고. 돌아오다니 말도 안 되지, 이런 나라에. 당신도 인도에 가면 좋을 텐데."

그러더니 그녀는 갑자기 알아듣지 못할 말을 하기 시작했다.

"무슨 말인지 모르겠지? 산스크리트어로 '밤은 어둡고 아침이여 오라', 이런 말이야. 어때? 대단하지? 회사 사람들은 아무도 몰라. 내가 엄청 짠순이처럼 살면서 돈을 모으고 있어서 젊은 직원들은 죄다 나를 싫어해. 나보고 욕구불만에 쌓인 노처녀래. 하지만 뭐 상관없어. 그런 녀석들, 그렇잖아?"

그러더니 그녀는 다시 뜻 모를 산스크리트어를 중얼거리며 웃었다. 첫인상에 예상했던 나이와는 달리 실제로는 나보다 열 살 정도 위라는 사실도 알게 되었다.

그녀와 내가 흥청거리며 술잔을 주거니 받거니 하던 중, 마스터도 합류했다. 그녀가 커다란 목소리로 산스크리트어를 떠들면 나는 몸을 흔들어가며 노래를 흥얼거렸다. 그러자 마스터가 어디선가 기타를 꺼내 와 반주를 넣었다. 웃고 까불다 의자에서 굴러떨어진 나는 넘어진 아픔으로 인해 불현듯 딸이 떠올랐다.

"지금 몇 시죠?"

마스터가 자정이 넘었다고 말해주었다. 취해서 비틀거리는 몸을 그녀 쪽으로 기울이며, 이제 돌아가야 하는데 괜찮으면 우리 집에 가서 한잔 더 하자고 권했다. 어차피 집에서 아이가 기다리는 것도 아니니 괜찮지 않냐고.

내가 팔을 잡아당기자 그녀는 주저하면서도 자리에서 일어나 나와 같이 가게를 나섰다. 둘 다 비틀거리는 걸음걸이로 커다란 목소리로 노래까지 불러가며 집을 향해 걸었다. 역 주변은 휘황찬란한 불빛 덕분에 밝고 활기차 보였다. 집까지 가는 길 위로 그 빛들이 옅은 붉은색을 그리며 구불구불한 모양으로 이어져 있었다. 마치 벌떡거리는 혈관처럼.

"바로 이 건물이에요. 여기 4층이 우리 집."

"아……."

그녀는 고개도 들지 않은 채 한숨을 내쉬었다.

"보다시피 경사가 급하니까 조심해서 올라가야 해요."

그녀의 등을 떠밀며 나도 뒤따라 계단을 올라가려는 찰나, 누가 뒤에서 내 어깨를 붙잡았다. 뒤돌아보니 후지노였다. 거친 숨을 내쉬며 씩씩거리고 있었다.

"대체 뭐하고 쏘다니는 거야?"

남편의 목소리는 울먹이듯 떨리고 있었다. 취한 나도 지지 않고 받아쳤다.

"당신이야말로 여기서 뭘 하고 있는 거지?"

"뭐? 애는 대체 어쩌고 이 시간까지 돌아다니는 거냐고!"

"지금 이불 속에서 쿨쿨 자고 있는데 왜? 그럼 잘 가!"

남편에게 빈정대듯 손을 흔들며 휙 등을 돌렸다. 그와 동시에 남편이 양손으로 나를 거세게 잡아당겼다. 순간, 무슨 일이 벌어진 건지 알아차리기도 전에 머리를 땅에 부딪혔다. 신음 소리를 내며 몸을 일으킨 나는 재빨리 남편에게 달려들었다. 남편이 땅으로 쓰러졌다. 그 위에 몸을 던져 그를 찍어 눌렀다. 그의 얼굴을 손톱으로 긁고 머리끄덩이를 움켜쥔 채 목을 조르려 하자 남편이 나를 붙잡아 휙 내던졌다. 내가 다시 남편에게 달려들고, 남편이 나를 다시 내던지고…….

"술주정 어지간히 하고 이제 그만 집으로 들어가시지! 지금 네 꼴이 얼마나 우스운지 알긴 하나?"

땅에 납작 쓰러진 나는 손가락 하나도 움직일 수가 없었다. 속에서 뭔가 치밀어 올라오는 듯하더니 입으로 뜨듯한 것이 흘러나왔다. 대체 나는 지금 뭘 하고 있는 걸까? 멍하니 생각에 잠겼다. 깨달은 거라곤 남편에 대한 애착이었다. 남편의 몸이 이토록 그리운 것이었다니.

구토가 멈추자 정신이 든 나는 벌떡 일어났다. 남편은 이미 사라지고 없었다. 건물 계단에서 나를 내려다보고 있는 여자의 존재가 비로소 눈에 들어왔다. 나는 여자에게 다가가 분노에 찬 목소리로 외쳤다.

"좀 꺼져줄래? 위에서 내려다보니 아주 재미가 좋았지? 근데 이제 다 끝났거든! 뭘 그렇게 우물쭈물하는 거야? 빨리 가버리라니까? 기다려 보았자 더 이상 재미있는 구경거리 같은 건 없다고!"

여자는 아무 말 없이 비척비척 그 자리를 떠났다.

건물 셔터를 내리고 계단을 올라 비로소 집에 도착한 나는 웅크리고 앉아 양손에 얼굴을 묻고 울기 시작했다. 영문을 알 수 없는 눈물이었다.

그다음 주부터 아이는 어린이집에, 나는 다시 회사에 나가기 시작했다. 엄마가 나 대신 아이를 데리러 어린이집에 가는 날도 있었다. 회사에서 부서가 바뀐 것은 아니었지만 업무를 완전히 처리하기까지 반년은 걸리지 않을까 싶을 정도로 쌓여 있었다. 근무 시간을 다소 늘리지 않을 수 없었다. 엄마가 아이를 데리러 가줘서 다행이었다. 저녁 8시쯤 엄마 집에 가면 아이는 엄마가 돌아왔다며, 평소보다 더 과장된 몸짓으로 반갑게 맞아주었다. 급식을 몇 번째로 빨리 먹었는지, 오늘은 어디를 지나왔는지, 누구랑 누가 무슨 일로 싸움을 벌였는지, 내게 재잘재잘 알려주었다.

"그 할머니랑도 만났어요!"

어느 날인가 딸이 그렇게 말하자 내 엄마도 고개를 끄덕이며 말했다.

"저 아이가 아는 할머니라며 인사를 하니 어찌나 반가운 얼굴로 웃는지. 그런 행색으로 혼자 돌아다니는 걸 보니 불쌍한 사람인 것 같더라."

"글쎄요."

나는 애매하게 답했다.

아침저녁으로 어린이집 가는 길에 꼭 마주치는 할머니 이야기였다. 머리가 제멋대로 자라 헝클어져 있었고, 잠옷처럼 보이는 옷은 더러웠다. 한겨울에도 맨발에 슬리퍼를 신고 터덜터덜 같은 곳을 돌아다녔다. 집이 있어 보이지도 않고, 연고도 없는 사람인 듯했다. 아이는 그 노파를 발견하면, 반갑게 인사했다. 그리고 자기가 할머니를 앞서갈 때면 할머니에게 '빠이빠이' 하고 모퉁이를 돌아 보이지 않게 될 때까지 손을 흔들었다. 아이가 오랫동안 어린이집을 쉬다 나간 첫날 그 할머니 쪽에서 먼저 다가와 무슨 일 있었느냐며 어딘가 멀리 가버린 줄 알았다고 했을 땐, 어쩐지 심려를 끼친 듯한 마음이 들어 사실 수두에 걸려 한동안 어린이집에 가지 못했다고 설명을 드렸다. 할머니는 안도하듯 크게 웃었다.

"그럼 이제부턴 다시 만날 수 있는 거지? 다행이야, 다행. 이렇게 착한 아이가 병에 질 리 없지!"

"그럼요, 저 얼마나 튼튼한데요!"

아이는 자랑스럽게 말했다.

내 엄마는 그 노인을 보고 무슨 생각을 했을까? 젊은 날 남편을 잃고 지금 혼자 살고 있는 엄마는, 저 독거노인의 모습에서 내게는 보이지 않는 무언가를 본 걸까? 그랬으면 좋겠다고, 아니, 그러지 않으면 안 된다고 생각했다. 이야기를 나누거나 서로의 손을 잡아줄 필요까지는 없다. 그저 보는 것, 서로 시선을 주고받는 것만으로도 상대를 이해하고 공감할 수 있다. 그런 정도의 능력을, 한 명의 인간이 겪은 고독의 결과로서 갖추기를 바랐다.

매일 아침, 나도 딸과 함께 그 할머니와 인사를 나누게 되었다. 저 할머니가 사는 곳에 아이와 함께 가볼 수만 있다면 좋겠다고 생각하는 날도 있었다. 언젠가는 그런 날이 올 거라고 떠올리는 것만으로도 위로를 받았다. 하지만 병이라도 얻은 건지 더 이상 할머니는 모습을 나타내지 않았다.

아이 생일로부터 조금 지난 어느 날, 새가 나오는 꿈을 꾸었다. 꿈에서 남편은 수화기를 통해, 회사 입구에서, 집 앞에서, 내게 욕을 퍼부으며 도대체 너는 어쩔 생각이냐고, 왜 그토록 자기를 미워하는 거냐고, 울다 지쳐 쓰러지기를 반복했다. '미워하고 있지 않아, 그저 무서워서 말을 거는 일조차 못 하게 된 거야.' 나는 이렇게 생각하면서도 그저 남편을 물끄러미 바라만 볼 뿐이었다.

사무실에서 잠깐 졸고 있을 때였다.

잎이 져 듬성듬성해진 나무 위로 새가 한 마리 날아와 사뿐 내려앉았다. 얼굴이 붉고 날개는 초록색을 띤, 커다란 열대 조류였다.

"요사이 집에서 키우던 새가 탈출해 저 모란앵무새처럼 야생화된 경우가 늘었대요."

가까이서 그런 말이 들려왔다.

"아……. 모란앵무새라고 하는군요……."

내가 그렇게 답하자 같은 모습의 새 한 마리가 더 날아와 다른 가지 위에 앉았다. 그러고 보니 그러네, 요새 부쩍 눈에 띄는 것 같아, 라고 생각하는 동안 모란앵무새가 더 날아들어 나무에 주렁주렁 앉았다. 비현실적으로 색이 또렷한 날개가 서로 부딪혀 익은 과일이 가지에서 땅 위로 툭툭 떨어지듯 빠진 깃털이 쌓여갔다.

어째서 이런 때 모란앵무새 같은 것들만 늘어가는 걸까. 그만큼 생명력이 강해서일까, 라고 생각하며 꿈속에서도 나는 두려움에 떨었다.

5. 목소리

뜨거운 여름날이 갑자기 시작되었다.

창문은 내가 출근하고 없는 동안에도, 또 밤중까지도 온종일 열어 두었다. 창을 가로막는 건 아무것도 없어서 통풍이 지나치게 잘 되는 바람에 펄럭이는 커튼 자락이 얼굴을 간지럼 태우는 밤도 많았다. 퇴근 후 집에 돌아오면 종이 재질로 된 전등갓이 바람에 날려 집 안 여기저기를 굴러다니다 애처로운 모습으로 주방 바닥 구석에 쓰러져 있는 걸 발견하는 날도 있었다. 잘 쳐둔 커튼이 어느 사이엔가 반쯤 젖혀져 기세 좋은 소리를 내며 바람 등에 올라타 훨훨 춤을 추고 있었다. 창가에 세워두었던 화분도 쓰러져 있었다. 바닥에 흩어진 흙이 사막 모래처럼 바짝 말라 여기저기 굴러다니고, 몇 주 전부터 시들어 있던 식물 줄기는 딱딱해진 잔뿌리가 넓게 퍼진 채 쓰러져 있었다.

일순 침입자가 바람만이 아닐지도 모른다고 여겨지는 광경이었다. 하지만 이 집에서 이미 겨울과 봄을 지내고 여름을 앞둔 나로선 낯선 사람이 여기까지 몰래 숨어들 일은 절대 없다고 생각했다. 사뭇 지난봄 두려움에 빠져 있던 때와는 다른 마음가짐이었다. 창문을 통해 도로를 내려다볼 적마다 '과연 어느 누가 목숨을 잃을지도 모르는 위험을 무릅쓰고 수직의 벽을 타고 4층 우리 집까지 일부러 올라올까?'라는 판단이 들었다. 고개를 들어 창문이 있다는 걸 알아채는 사람조차 있을 리 만무했다.

집이 높은 층에 있다는 건 오히려 추락할 가능성이 크다는 뜻이다.

어느 날, 열어둔 창문으로 단층으로 된 옆 건물 기와지붕 위에 화려한 색을 한 무언가가 꽃처럼 활짝 피어있는 모습을 발견했다. 옆 건물은 전구 하나만으로 내부를 밝히고 있는 오래된 구멍가게로, 한여름에도 검은색 귀마개가 달린 방한용 모자를 쓰고 있는 야윈 몸집의 할아버지와 아이처럼 체구가 작고 허리까지 굽은 할머니가 교대로 가게 앞에 앉아 있었다. 다른 가족은 없는 듯 보였다. 딸이 졸라 몇 번 과자를 산 적이 있지만 과자 봉지에 잔뜩 먼지가 쌓여있어 노부부 중 누군가가 행주 같은 걸로 성심껏 먼지를 털어 과자를 넘겨주었다.

4층 우리 집으로 돌아와 가게 지붕을 내려다보니 검은색 기와 몇 개가 깨진 채 방치되어 햇볕이 잘 드는 부분에는 잡초가 자라고 있었다. 낡은 저 집의 수명도 이제 얼마 남지 않았겠다는 생각이 들었다.

그런 가게 지붕에서 생각지도 않았던 화려한 색을 발견한 순간, 불길한 예감에 심장이 세차게 뛰기 시작했다. 창에서 몸을 쑥 내밀고 시선을 한곳에 집중했다. 색종이였다. 빨강, 파랑, 초록, 노랑 등 며칠 전 내가 딸에게 사다 준 색종이 한 묶음이 전부 한 장 한 장 천천히 시간을 들이며 바람을 즐기다 기와지붕 위에 내려앉은 듯했다. 한 장씩 꺼내 접은 색종이를 자그마한 손을 창밖으로 한껏 뻗어서 날린 후, 색색의 종이가 팔랑팔랑 아래로 떨어지는 모습을 바라보며 이제 막 네 살이 된 딸은 환하게 웃었으리라.

어린 시절, 학교 옥상에서 학생 하나가 교정으로 떨어진 일이 있었다. 내가 직접 그 광경을 목격하지는 않았고, 아이들의 입에서 입으로 전해진 이야기였다. 옥상에서 떨어지긴 했지만 운이 좋아 방화용 수조 안으로 몸이 쏙 들어가는 바람에 상처 하나 입지 않았다고 한다. 그 수조는 아이의 눈에도 상당히 작아 보이는 것으로 폭이 30센티나 될까 싶을 정도였다. 오랫동안 이 이야기를 철석같이 믿었던 나는 그 아이의 강력한 행운에 감탄했으면서도 한편으로는 과연 실제로 일어날 수 있는 일이 맞기나 한지 의문을 품었다.

어쩌면 이건 아이들이 마음대로 꾸며낸 이야기가 아닐까? 옥상에서 추락한 사람의 시체를 본 아이가 우연히 옆에 놓여있던 방화용 수조를 발견하고선 죽어버린 학생에게 화가 나 '사실은 저기로 떨어졌어야 했어'라며 그 죽음을 잊기로 했는지도 모른다. 세상이 이렇게 가혹할 리 없다고 부인하면서, 아이는 머리통이 깨진 시체의 모습을 돌아보지도 않고 반으로 돌아가 친구들에게 이렇게 말했을 것이다.

"옥상에서 누가 떨어졌대. 하지만 운 좋게 수조 안으로 떨어져서 별일 없었다나 봐. 이상한 일을 벌이는 애들이 있어"

라고 웃으며 이야기를 전했을 것이다. 그러고 보면 그 이야기에는 반드시 웃음이 따라왔다. 어른들은 그저 겁을 줄 뿐이지만, 옥상에서 떨어진다고 해서 꼭 죽는 건 아니라는 걸 깨달은 아이들은 자못 뻐기는 마음이 되어 웃지 않을 수 없었다.

그런데, 나는 그때부터 깊은 곳으로 떨어지는 꿈을 자주 꾸었다. '공간'이라고 부르지도 못할 캄캄하고 광대한 어딘가로 몸이 흡수되듯 떨어지는 꿈이 대부분이었다. 누군가가 한없이 깊은 나락으로 떨어지는 꿈도 몇 번이나 꾸었다. 같은 반 아이들이나 가족 중 누군가가 추락하는 꿈이었다. 절벽 같은 곳도 있었고, 학교 옥상처럼 보이는 곳도 있었다. 너무 깊어 언제까지 떨어지는 건지 가늠조차 할 수 없었다. 슬쩍 한 발 내디디면 어이없게도 그 모습은 어느새 사라져 버린다. 벼랑 끝으로 가까이 가지 않도록 주의하며 그저 귀를 기울였다. 고요함의 길이가 곧 깊이의 단위가 되었다. 1초, 2초, 3초, 시간을 쟀다. 4초, 5초, 6초. 대체 얼마나 깊은 곳이길래. 꿈속의 나는 몹시 슬픈 기분에 사로잡혔다. 하지만 마침내 어떤 소리가 저 아래서부터 들려오기 시작한다. 유리가 깨지는 듯한, 아니 그보다 더 높으면서도 맑은 울림이었다. 사람의 뼈가 부서지는 소리, 내겐 그렇게 들렸다. 그 음을 듣고 나서야 비로소 명료해진 것 같았다.

언제부터 추락하는 꿈을 꾸지 않게 된 걸까? 기억이 나지 않는다. 이렇게 뚝 떨어진 높은 건물에 살고 있으면서도 한 번도 그런 꿈을 꾼 적이 없다.

색종이를 발견하고 며칠이 지난 어느 날, 다시 옆집 지붕을 내려다보니 그곳에는 색종이뿐만이 아니라 소꿉놀이, 작은 인형, 나무블록 등이 쌓여 있었다. 아이의 즐거운 웃음소리가 지붕 위에서 반짝이는 것만 같았다.

어느 늦은 밤 전화벨이 울렸다. 나는 이미 잠자리에 든 후였다. 전화를 걸어온 여성은 자신을 내 남편의 지인이라고 소개했다. 그러고 보니 남편과 별거하기 전, 이 여성의 이름을 들은 기억이 났다. 그녀는 40대의 누드 댄서였다. 남편이 얼마간 대형 카바레에서 아르바이트를 했던 시기에 알게 된 사람인 듯했다.

"저 혼자만의 생각으로 전화를 드린 거라 남편 후지노씨에게는 비밀로 해주길 부탁해요"라고 수화기 너머의 그녀가 말했다.

여름으로 접어들면서 남편에게서 연락이 끊겼다. 때와 장소를 가리지 않고 제멋대로 내 앞에 나타나거나 어느 날인가 딸을 아빠와 만나게 해주지도 않고 안아줄 시간도 주지 않는 주제에 저만 즐기려고 오밤중까지 술집에서 술을 마시며 틈만 나면 남자와 놀고 싶어 한다며 나를 계속 비난하는 남편에게, 제발 부탁이니 당분간만 나를 좀 그냥 내버려 달라고, 당신이 그럴수록 당신과 마주하는 일이 힘겨워 아무런 생각도 할 수가 없다고, 정신적 피로가 극에 달해 딱 한 번 울며 호소한 적이 있다.

당시에는 다 자업자득이라며 남편은 씩씩거리며 나를 비난하기 시작했지만, 의외로 내 호소가 받아들여진 건지도 모른다. 남편 연락이 요사이 뜸해졌다는 걸 알아챘을 때 처음에는 그런 생각이 들었다가 역시 그럴 리 없다는 결론에 도달했다. 남편에게 나는 증오의 대상 외에 아무것도 아닌 존재가 된 것이다. 딸을 위해서라도 남편은 나를 자신의 영역 안쪽으로 밀어넣어 내 팔다리를 묶어 꼼짝 못하게 하고 싶었음에 틀림이 없다.

"이런 주제넘는 짓을 해도 되는 건지 정말 오래 고민했습니다만, 얼마 전까지 후지노씨와 일 관련해서 함께 지낸 사람으로서, 그쪽 사정을 모르는 척하고 있을 수만은 없었어요. 먼저 이런저런 개인적인 사정을 듣게 된 점에 대해 양해를 구하고 싶어요. 후지노씨가 얼마나 괴로워하던지. 사실 나 역시 이혼을 경험하기도 했고, 쓸데없는 오지랖인지는 모르지만 당신에게 내 마음을 전하지 않고는 견딜 수가 없어 이렇게 전화를 드리게 되었습니다. 후지노씨 이야기를 들으면 들을수록 어쩐지 과거의 내가 떠오르면서 당신에게 호감이 느껴졌어요. 당신과 나, 정말 많이 닮았거든요. 그래서 더, 단 한 번만이라도 내 이야길 들려주고 싶었습니다. 나는 15년 전에 이혼했어요. 당시 그런 남자 따위 없는 쪽이 훨씬 낫다고, 이제야 나다운 인생을 새롭게 시작할 수 있게 되었다며 자신만만했죠. 조금도 불안하지 않았습니다. 아직 젊었으니까요……. 하지만 세월이 흐르면 흐를수록 매일같이 후회가 밀려왔습니다. 이혼 후 뭐든 나빠지기만 했어요. 전남편 외에 나와 맞는 남자는 단 한 명도 없었죠. 그렇다고 해서 되돌릴 수 있는 일도 아

니었고요. 그게 너무 괴로워 당장 이 말을 꼭 전해야겠다는 생각
이 들었습니다. 두 사람은 이렇게 헤어지면 안 돼요. 후지노씨를
진짜로 미워하는 것도 아니잖아요? 후지노씨도 마찬가지고요. 당
신에 대한 애정이 얼마나 깊은지 그와 이야기만 나눠봐도 금세 알
수 있을 정도에요. 하찮은 이유로 헤어지는 건 안 될 말입니다. 후
지노씨처럼 좋은 남자는 어딜 찾아봐도 없어요. 헤어져봤자 당신
을 기다리고 있는 건 험한 일 투성이고, 지금보다 더 좋아질 일은
절대 일어나지 않아요. '절대'입니다."

　고민이 있으면 언제든 연락하라는 말과 함께 전화번호를 불러
준 다음 그녀는 전화를 끊었다.

　그로부터 열흘쯤 지났을 무렵, 이번에는 남편의 대학 시절 교수
에게서 전화가 걸려왔다. 만나서 긴히 할 이야기가 있으니 시간
을 내 줄 수 있겠냐는 내용이었다. 나도 몇 번 남편과 함께 만난
적이 있는 교수였다. 소박하면서도 친해지기 편한 상대였다.

　회사 점심시간에 한 식당에서 그 교수를 만났다.

　물론 당사자끼리 문제고 여러 사정이 있었을 거라는 생각은 들
지만, 지금 이 상황을 냉정히 바라볼 필요가 있다는 말로 교수는
대화를 시작했다. 후지노군 이야기에 좀 더 귀 기울이지 않으면
안 된다, 내 주변에도 몇 명인가 이혼한 여성이 있는데 이혼 후 다
들 딱한 처지가 되었다, 여자가 이혼녀로 혼자 살아봐야 제대로
되는 일은 하나도 없다, 이런 내용이었다. 나로선 후지노나 네가

불행해지는 걸 보고 싶지 않다, 바라는 건 오직 그것 하나이며, 무조건 이혼하지 말라는 뜻이 아니라, 아무래도 내가 그래도 둘보다는 조금 더 오래 살았고 그간 이런저런 사람들을 만나본 결과 이거 하나는 확실하게 말해줄 수 있을 것 같다고 했다.

"이혼해도 후지노보다 더 나은 남자를 만나게 되는 일은 없어. 점점 더 나쁜 남자를 만나게 될 뿐이야. 이게 현실이야. 아무것도 기대하지 않는 게 나아. 그래도 나는 다를 거라고 여기고 싶을 테지만 아니, 다르지 않아. 그런 밝은 미래는 존재하지 않거든. 이혼이란 건 신중히 생각하지 않으면 안 될 문제야."

나는 조용히 고개를 끄덕였다.

그날은 상사인 스즈이가 여름 감기로 병가를 냈기 때문에 평소보다 조금 이른 시간에 딸을 데리러 어린이집으로 향했다. 대개는 늦은 시간에 데리러 가 남아 있는 아이들이 거의 없었는데, 그날은 아이들이 많았다. 입구에서 지능이 약간 떨어지는 남자아이 하나가 손에 들고 있는 얇고 긴 나뭇잎으로 신발장에 있는 아이들 신발을 하나하나 쓰다듬고 있었다. 피부가 하얗고 눈이 큰, 해사한 얼굴을 한 아이였다. 하지만 그 얼굴이 자기 엄마 이외의 사람에게 향하는 일은 좀처럼 없었다. 말을 하는 모습도 거의 본 적이 없다. 하지만 그 눈빛만큼은 호기심으로 반짝이고 있었다. 사람을 보는 대신 그 주위로 쏟아지는 햇빛을 즐거운 표정으로 바라보고는 했다.

아기 때부터 어린이집에 다닌 그 아이는 자라면서 조금씩 다른 아이들과는 다르다는 걸 알게 되었지만, 그렇다고 이제 와 다른 어린이집으로 옮기라기도 뭣한 상황이라 도리 없이 계속 같은 어린이집에 다니고 있는 경우였다. 좁은 교실 안에 가만히 있는 건 아이에겐 무리였고. 언제나 입구에서 이어진 복도나 계단 주변을 배회하고 있어 자주 마주쳤다. 그날도 그 아이가 언제나 같은 모습으로 있길래 슬쩍 보고 지나쳤을 뿐, 신경쓰지 않았다.

하지만 시간이 흐르면 흐를수록 그날 그 아이와 만난 일이 일생일대의 기회였다는 생각을 도저히 하지 않을 수 없었다. 어째서 아이의 눈을 좀 더 다정하게 바라봐주지 않았는지 후회가 밀려왔다.

그 아이는 그날 밤, 미야노 아파트 10층에서 그만 발을 헛디뎌 추락사했다. 아이를 구할 수조가 그곳에는 없었다.

사고가 있기 3시간 전, 나는 어린이집에서 딸을 데리고 귀가했다. 시간이 부족해 부산하게 저녁을 준비하던 다른 날들과는 달리, 그날은 낮에 남편의 교수와 만난 일 때문인지 저녁을 차릴 기분이 아니었다. 집에 도착하자마자 어린이집에서 들고 온 것들을 거실에 내던지고, 바로 아이를 데리고 밖으로 나와 집 뒤쪽 골목을 사이에 두고 건너편에 있는 고깃집으로 향했다. 한 주에 한 번 정도 그곳에서 저녁을 때우고는 했다. 커다란 TV가 있어 아이에게 신경을 덜 쓰고 천천히 식사에 집중할 수 있었다. 언제나처럼 백반 정식과 국밥을 주문했다.

주문한 음식을 거의 먹었을 무렵, 유카타를 입은 아이와 그 가족이 식당으로 들어왔다. 딸이 둘인 4인 가족이었는데, 모두 유카타 차림에 여자아이들은 각각 요요와 가면을 들고 있었다. 그러고 보니 가까운 신사에서 마츠리(전통 축제)가 열리는 날이라는 게 기억이 났다.

서둘러 식사를 마치고 신사로 향했다. 신사가 가까워질수록 유카타 차림의 사람들이 점점 늘어나고 있었다. 우리도 덩달아 신바람이 나 걸음을 재촉했다. 포장마차 불빛이 보이기 시작했다. '다들 여기에 모여 있었구나, 하마터면 잊을 뻔했는데 다행이야' 라고 생각했다.

경내에는 예상했던 대로 사람들이 잔뜩 모여 있었다. 포장마차도 즐비했다. 임시로 세워둔 커다란 무대용 천막도 보였다. 풍선, 바람개비, 요요 등 장난감이 오색 전구 불빛에 반사되어 따스하게 빛나고 있었다.

딸과 함께 금붕어 건지기 게임과 요요 놀이를 하고, 총 쏘기 게임을 했다. 빙수를 먹고 살구맛 사탕을 빨아먹으며 소꿉놀이와 불꽃놀이 세트를 샀다. 한 바퀴 돌고 나니 더 이상 새로운 건 눈에 띄지 않았다. 아무리 다른 무언가를 찾으려 해도 이미 본 적이 있는 것들뿐이었다.

경내 구석의 어두운 곳에 몸을 숨기고 담배에 불을 붙였다. 딸이 그 불을 보고는 방금 전에 산 불꽃놀이를 들이밀며 해보고 싶다고 조르기 시작했다.

'어쩔 수 없지, 작은 걸로 딱 하나만이야!'라고 다짐을 두고 비닐에서 불꽃놀이 다발을 꺼내 그중 하나를 딸에게 쥐어 주고는 라이터로 불을 붙였다.

"손을 그렇게 막 움직이면 안 돼. 가만히 보고만 있어야 해."

긴장한 아이는 팔을 쭉 뻗은 채 자기 손에 들린 불꽃놀이를 뚫어지게 바라보았다. 불꽃놀이 막대 끝에 매달린 불꽃 구슬이 조금씩 커지면서 그에 따라 불꽃도 더 화려하게 퍼지며 아름다운 모양을 만들었다. 마지막 불꽃이 타오르기 전에 불똥 무게 때문에 땅으로 떨어지는 경우도 많지만 딸이 쥔 불꽃은 기세 좋게 타올랐다. 그러다, 아이의 손이 미묘하게 떨리며 불똥이 툭 땅 위로 떨어지고 말았다.

"아이 뭐야, 아깝게 실패했네! 우리 한 번 더 하자. 이번엔 엄마도 해볼게."

아이 하나, 나 하나, 두 개의 봉에 동시에 불을 붙였다. 처음엔 내 것이 엄청난 불꽃을 만들며 타올랐지만 더 화려한 모습을 채 보이기도 전에 맥없이 끝나고 말았다. 아이의 것은 시작은 미미했지만 꽤 오래 불꽃이 이어졌다. 아이와 나는 숨죽인 채 불꽃이 타오르는 모습을 끝까지 지켜보았다. 마지막 남은 불똥이 아래로 떨어져 버리자 딸은 실망한 듯 한숨을 내쉬었다.

"이건 꽤 오래 버텨주었네, 그래도."

"휴, 다 끝나버렸어요."

"끝나면 결국 아래로 떨어져버리게 돼 있어서 별수 없어."

"또 할래요!"

"그래 좋아, 이번엔 우리 시합하자. 누구 거가 더 오래 타는지!"

아이에게 새 불꽃놀이를 하나 내밀며 말했다.

"어머나, 재미있겠어요! 우리도 껴줄래요?"

갑자기 귀에 익은 목소리가 들려와 고개를 들어보니 어린이집 같은 반에 다니는 아이와 그 엄마가 있었다. 그 애는 어느새 딸 곁에 다가와 알은체했다. 지금까지 이야기를 나눠본 적은 거의 없었지만 아이의 이름 정도는 딸에게 매일 들어 알고 있었다. 둘 다 유카타 차림이었다.

"좋았어! 이제부터 모두 불꽃놀이 시합하는 거야!"

무릎 위에 둔 비닐에서 불꽃놀이를 꺼내 내밀자 그녀는 미소를 지으며 고개를 젓더니 그녀의 딸이 들고 있는 비닐을 가리켰다. 상당한 양의 불꽃놀이였다. 내 라이터로 불꽃놀이 네 개에 불을 붙였다. 원을 그리고 서 있는 넷의 얼굴이 옅은 주홍빛으로 물들었다. 내 불꽃이 가장 크게 타올랐고, 그 아이의 불꽃이 가장 먼저 꺼졌다. 뒤를 이어 아이 엄마 것도 꺼지고 말았다. 어쩌면 이번에야말로 내 불꽃이 마지막까지 타오를지도 모른다는 기대로 심장이 두근거렸다. 하지만 역시 내 것도 도중에 불똥이 아래로 떨어지며 끝이 났다. 딸의 불꽃이 재차 가장 오래 타올랐다.

"더 해요! 더 해요!"

딸은 이제 막 끝난 불꽃놀이 봉을 내던지더니 숨을 거칠게 내쉬며 조르기 시작했다.

"어서요 어서! 빨리 달라고요!"

"이제 우리 다른 불꽃놀이도 해보자. 이거 어때? 대포 불꽃놀이!"

세 번 연속으로 딸이 일등을 할 거라 장담하기 어렵다. 진 후에 아이가 낙담할까 봐 불안해진 나는 시합은 그만하고 싶었다.

"싫어! 나 이거 할래!"

큰 소리로 그렇게 답하자마자 딸은 내 무릎으로 손을 뻗어 남은 불꽃놀이를 채가려고 했다.

아이 엄마가 웃으며 말했다.

"아이구, 무서워라! 슬슬 졸릴 때도 되지 않았니?"

"전혀요! 하나도 졸리지 않아요. 그러니까 우리 다 같이 한 번 더 해요, 이거!"

딸은 먼저 같은 반 친구에게 얼른 불꽃놀이 하나를 안겼다. 아이는 가만히 받았다.

"아줌마도 하나 받으세요."

아이 엄마는 큭큭 웃으며 내미는 불꽃놀이를 받았다.

"엄마도!"

"정말 어쩔 수 없다니까. 다른 불꽃놀이들이 나도 좀 가지고 놀아달라고 아우성치는 거 안 보여?"

"몰라, 몰라."

라이터로 불을 붙였다. 네 개의 불꽃이 다시 타오르기 시작했다.

"그건 그렇고, 마츠리는 옛날이 더 재미있는 것이 많았던 것 같은 기분이 들어요……."

아이 엄마가 혼잣말인 듯 아닌 듯, 그런 말을 했다.

"그때는 우리도 어렸으니까요……."

부풀기 시작한 불꽃 구슬을 바라보며 나는 그렇게 답했다.

"흠, 역시 그런 걸까요. 참, 그쪽도 도쿄 출신인가요?"

"네……."

"나 같은 경우는, 이 일대의 마츠리를 어린 시절부터 내내 보며 자랐어요……. 그래서일까요? 꼭 어려서 재미있었던 것만 같지는 않아요. 뭐랄까, 요즘은 마츠리에 와도 속임수를 당하는 것 같은 느낌이 드는 거예요. 어른 같은 건 되지 않았다면 좋았을 텐데. 어른으로 사는 일이 이토록 재미없는 줄 알았으면 그때 더 많이 놀 걸 그랬어요. 요샌 아침에 눈을 뜨면 실망부터 들어요. 재미라고는 없어서……. 그렇다고 일하지 않을 수도 없고요……."

"점점 나빠져 갈 뿐……. 그런 거죠."

낮에 만났던 교수의 말을 떠올렸지만 그저 웃었다.

"그래도 불꽃놀이는 재미있잖아요! 좋아하는 불꽃놀이를 한 걸로 충분해요, 오늘은."

내 몫의 불꽃놀이 불똥이 떨어지며 꺼졌다. 이어서 딸의 불꽃도, 아이 엄마의 것도 떨어졌다. 마지막으로 남아 있던 아이의 불꽃마저 떨어지며 꺼지자, 딸이 와앙 하고 울음을 터뜨렸다.

"엄마들이 시끄러워서 그런 거야! 조용히 해주지 않았잖아요!"

그 순간, 아이 울음소리 뒤로 멀리서 비명이 들렸다고 생각했다. 깊은 곳 아래로 쏜살같이 떨어지며 내는 소리. 걸음을 땅에서 싹 지우고 온통 암흑으로 바꾸는 듯한 목소리. 나는 벌떡 일어나 주변 소리에 귀를 기울였다.

"엄마, 엄마아!"

"응? 뭐라도 본 거예요?"

나는 고개를 끄덕였다. 그때는 무슨 일이 일어난 건지 전혀 알지 못했다. 하지만 확신에 찬 몸짓으로 고개를 끄덕였다.

다음날 아침 어린이집에 아이를 데려다주러 갔을 때 그 남자아이의 사고 소식을 처음으로 들었다. 그랬구나…… 그 아이였구나……. 간밤에 들었던 비명 소리가 다시 들려오는 듯 목이 메어왔다. 통로에서 혼자 놀다가 난간을 넘어버리는 바람에 사고가 났다고 했다.

비명을 지르며 추락하는 동안 아이는 무엇을 보았을까? 밤이었으니까 가로등과 다른 집에서 새어나온 빛, 그리고 네온 불빛이 아래로 떨어지는 아이의 몸 주위로 물결처럼 흘렀을 것이다. 나는 대체 어디로 가는 걸까? 그 아이는 낯선 빛의 급류 속에서 놀라 커다래진 눈으로 내내 바라보았을지 모른다. 그렇게 생각하니 간밤의 목소리가 비명이 아닌 함성처럼 들리는 것도 같았다.

아이의 마지막 목소리를 들은 사람이 나라는 말은 누구에게도 하지 않았다.

여름이 끝날 때까지 내 방 창문은 줄곧 열려 있는 채였다. 딸은 나 몰래 그 창문을 통해 자기 물건을 옆집 지붕 위로 던졌다. '나도 한번 날아볼까?'라고 생각했을지 모른다는 데 생각이 미치자 아이를 정색하며 꾸짖을 수 없었다.

6. 주문

딸이 울고 있다. 자면서 아이 울음소리를 뒤로 한 채 몸을 움츠렸다. 짧은 꿈이 울음소리에 쫓겨 옅은 어둠 속에서 주마등처럼 지나갔다. 형광빛이 도는 붉은 덩굴장미가 울타리를 따라 만발해 있다. 매우 흡족한 마음으로 나는 그 장미를 꺾으려 한다…….

비가 내리고 있어. 역 밖으로 나갈 수가 없어…….

녹색 받침대 위에 아이가 누워 있다. 나는 울고 있다. 너는 엄마면서 어째서 아이를 그렇게 늦게 데리러 간 거지? 네가 시간만 지켰어도 일이 이렇게 되진 않았을 텐데. 역시 내가 아이를 맡아야 했어. 아이 아빠가 아이 몸을 흔들며 꺽꺽 울고 있다.

딸이 울고 있다. 비로소 아이 울음소리를 알아차리고 눈을 떴다. 눈가가 젖어 있다. 먼저 시계를 보았다. 역시나 두 시 반이다. 딸이 자다 깨어 우는 건 대개 비슷한 시각으로, 새벽 두 시경 혹은 동이 틀 무렵이었다. 이런 밤이 벌써 한 달째 계속되고 있다. 언제부터인지는 기억이 잘 나지 않는다. 그저 어느 날 아이가 자다 깨 이불을 적시며 운다는 걸 알게 되었을 뿐이다. 아이 울음소리에 자다 깨는 밤이 하루하루 더하면 더해질수록 딸을 달래기는커녕 우는 아이를 보는 순간 짜증이 일어 뺨이라도 때리고 싶어진 나는 참을 수 있음에도 불구하고 무조건 딸을 혼내고 만다.

"지금 몇 신 줄이나 아니? 제발 그만해! 도대체 뭣 때문에 우는 거야? 속 시원히 말이라도 좀 해봐. 그렇게 울기만 해서는 어쩔 수가 없잖아! 울어서 뭘 어쩌겠다는 건데? 몰라, 이젠 나도!"

딸은 더 크게 울기 시작했다. 짜증이 극에 달해 폭발할 지경이 된 나는 아이 몸을 난폭하게 밀었다.

또 오줌이다. 뭐가 어떻게 된 걸까. 그전까지만 해도 이불에 오줌을 싼 적이 없었으면서.

"그렇게 울어도 별수 없어! 시끄러우니까 그만 좀 그치라니까!"

아이는 이제 격하게 흐느끼며 운다.

"잠옷이 젖어서 기분이 안 좋아요. 이불이 너무 축축해요."

나는 아이를 더 심하게 나무랐다.

"지금 무슨 소리를 하는 거니? 옷에 오줌 싼 건 너잖아. 새 잠옷 같은 거 없어. 이불도 지금 그거뿐이니까 그냥 그대로 자, 알겠어? 자라고! 아무리 울어도 아닌 건 아닌 거야. 시끄러우니까 당장 그만둬! 뺨이라도 맞아야 말 들을래?"

딸은 울음을 그치지 않는다. 나는 그제야 별수 없이 아이를 일으켜 젖은 잠옷을 벗기고 이불 위에 수건을 한 장 깔아준다. 그리고 주방에서 차가운 물수건을 가져와 아이 몸을 닦아 진정시킨다. 심장의 고동 소리가 조금씩 잦아든다. 훌쩍이며 아이는 내 품으로 파고들더니 입을 벌린 채 잠이 든다. 잠든 아이 얼굴을 보자마자 내가 무슨 짓을 한 건가 싶어 곧 아이 머리를 감싸 안고, 볼을 쓰다듬기 시작한다. 어느새 나도 그대로 잠이 들었지만, 아침이 채 밝아오기도 전에 아이 울음소리에 잠에서 깬다. 그리고 다시 같은 일의 반복이다.

 수면이 부족한 날들이 이어지자 근무 중 깜박 조는 일이 빈번했다. 퇴근 후 아이를 데리러 갈 무렵엔 기력이 다 소진된 나머지 머리를 똑바로 드는 것조차 힘이 들었다. 그 상태로 아이를 데리고 집을 향해 걷는 동안 아이는 과자가게 앞에서 아이스크림을 사달라고 떼를 쓰거나, 고양이를 발견하면 차가 오건 말건 고양이를 쫓아 차도로 달려갔다. 그러다 지치면 업어달라고 매달렸다. 시간이 흐를수록 인내심이 한계에 도달해 피폐해져 갔다. 아이는 내가 어디까지 버티는지 시험이라도 하고 싶어, 제 엄마를 조리돌리며 비웃는 걸까. 아이 얼굴은 남편을 닮았다. 고개를 돌린 채 아이의 팔을 꽉 붙잡았다. 집으로 돌아와 아이가 잠자리에 들기 전까지 될 수 있는 한 아이에게 신경쓰지 않고 혼자 침대에 누워 얕은 잠에 빠졌다. 한밤중이 되자 딸은 또 울기 시작한다.

 어떻게 하면 아이가 깨지 않고 편안히 잘 수 있을까 고민조차 하지 않았다. 오히려 내 수면 부족이 더 걱정돼, 울음소리가 들려와도 잠에서 깨지 않도록 무슨 수라도 쓸 요량으로, 잠자리에 들기 전에 주량 이상의 위스키를 마시기 시작했다. 하지만 아무리 위스키를 잔뜩 마시고 취한 채 잠들어도 딸의 울음소리는 반드시 들려왔다. 아직 술기운이 남은 상태에서 듣는 아이 울음소리는 더욱 짜증스러워 차라리 젖은 수건으로 아이의 입과 코를 틀어막고 싶어질 정도였다. 대신 어중간하게 아이 머리를 몇 번 갈긴 후,

위에 남은 것들을 개수대에 토해 흘려보내고는 얼굴을 씻으며 '구해줘, 제발 구해줘', 이렇게 흐느꼈다.

그날 밤도 잔뜩 취해 있었다. 아이 울음소리가 파도 소리처럼 들려왔다. 몸을 일으켜 아이가 숨을 쉬는지 확인했다. 아직 덜 깬 눈을 비비며 아이를 보았다. 손과 발을 덜덜 떨고 있었다. 꿈속에서 들었던 아이 아빠의 탄식이 내 몸속에 아직 울리고 있었다. 손을 뻗어 아이의 팔을 만지고 등을 쓰다듬었다. 부드럽고 따끈한 감촉이 전해져 왔다. 아이는 살아있다. 어느 쪽이 현실이고 어느 쪽이 꿈인지 판단이 되지 않았다. 죽은 딸을 향한 내 부조리한 바람이 어이없게도 현실화한 듯한 생각이 들었다. 비록 꿈속일지라도 딸이 살아 돌아온 것이 감사해 아이를 꽉 껴안지 않을 수 없었다. 어째서 나 같은 엄마에게 딸이 계속 살 수 있는 행운이 허락된 걸까 불가사의했다.

정신을 차려보니 딸은 어느새 내 잠옷 소매를 빨며 쌕쌕 잠들어 있었다. 아이를 이불에 누이고 잠옷 바지와 윗도리를 벗겼다. 오줌에 젖은 아이 잠옷을 들고 싱크대로 갔다. 주방 쪽 창에는 커튼을 달지 않아서 창밖에서 쏟아지는 네온과 가로등 불빛만으로도 집안 모습을 다 식별할 수 있을 정도로 밝았다. 세탁기에 아이 잠옷을 넣고 계단을 올라 옥상으로 나갔다. 아직 불빛이 꺼지지 않은 집이 몇몇 보여 그 수를 세기 시작했다.

그날 밤, 아이는 드물게 아침까지 울지 않고 내내 잤다.

다음날 아침, 딸이 내 머리를 잡아당겨 잠을 깨웠다. 시곗바늘이 벌써 8시 반을 넘기고 있었다. 허둥지둥 옷을 갈아입고 아이에게 우유를 마시게 한 다음 집을 나섰다. 아이의 느린 발걸음에 초조해진 나머지 아이를 들쳐 안고서 어린이집을 향해 달렸다. 불현듯 그런 생각이 들었다. 혹시 내가 아이의 죽음을 바라고 있었던 건 아닐까? 그렇지 않고서야 꿈에서 아이의 죽음을 볼 리 없다. 아이는 무거웠다. 팔뚝이 저리고 눈앞이 캄캄했다. 그 무게를 실감하며 계속해 달렸다.

원에 도착하자마자 아이는 엄마를 돌아보지도 않고 신나게 달려 아이들 무리에 합류했다. 아이가 몸에서 떨어진 그 순간, 나는 안도를 느꼈다.

아이와 둘만 살게 된 지 어느덧 8개월째로 접어들고 있었다. 아직은 무더운 날들이 이어지고 있었지만 밤은 제법 서늘해 그 무렵 우리 둘은 교대로 가벼운 감기에 걸렸다.

새집에 익숙해져 눈을 감고도 넘어지지 않고 걸을 수 있을 정도가 되면 예전에 남편과 같이 살던 시절처럼, 편히 사람들도 부를 수 있을 정도로 평범한 일상으로 되돌아갈 거라는 기대가 있었다. 그래, 분명 그렇게 될 거야. 입학시험처럼 열심히 공부만 하면 합격 통지서를 받을 수 있게 되듯, 그리고 일단 합격만 하면 그 후엔 마음 편히 자신만만한 기분으로 지내게 될 거라고 줄곧 믿으며 지냈다. 쓸데없는 기대 따위 전부 버리고 지금까지 간과했던 것들이 무엇인지 마음을 쓰며 살아야 한다고 나 자신에게 거듭해서 되뇌었지만, 기대를 버린다는 것의 진짜 의미를 아직 나는 알지 못했다.

계절이 겨울로 접어들면서 이사한 집에서 사는 일상에도 확실히 익숙해 갔다. 이사 전 새로 깐 붉은 색 마루는 거의 매일같이 아이가 엎지르는 우유와 음식물 흔적, 크레용으로 쓴 낙서, 오줌 얼룩 같은 것들 때문에 벌써부터 거무칙칙하게 변색되었고 붙박이장에 쌓인 먼지마저 눈에 익은 모습이 되었다.

그때부터였다. 한밤중에 아이가 울기 시작한 것은. 아이 울음소리보다도 거친 말투로 아이를 타박하거나 그 입과 코를 막아버리고 싶은 기분에 휩싸였고, 그런 나 자신에게 앞으로 맞이하게 될 지난한 삶을 예감이라도 한 듯 마음의 소리가 들려왔다. 그건 이전으로 돌아갈 수 있다면 돌아가고 싶다는 통렬한 외침이었다. 하지만 되돌릴 수도 도망갈 수도 없었다. 그렇게 만든 장본인이 나 자신인지, 누군가의 음모인지 도무지 판단이 서지 않았다. 내가 지금껏 간과했던 건 잔혹한 현실을 앞둔 내 모습이었다.

"금붕어가 죽었어! 금붕어가 죽었다구요!"

아이가 다급하게 외치는 소리에 잠에서 깬 아침이었다. 시계를 보니 슬슬 일어나지 않으면 안 되는 시각이었다. 마지못해 몸을 일으켜 아이가 손을 잡아 이끄는 대로 주방에 갔다.

"엄마, 저기 좀 봐요, 저기!"

아이는 감정이 격해진 나머지 볼이 빨개져 있었다. 아이가 말하는 곳으로 가까이 다가가자 아이도 주저하며 내 뒤를 따라왔다. 마루가 붉은색이라 그런지 금붕어가 눈에 띄지 않았다. 아침 햇살을 받으며, 어항 대신 쓰고 있던 플라스틱 세숫대야 옆으로 자그마한 금붕어가 꼼짝하지 않고 누워 있었다. 한 마리밖에 없었기 때문에 대야의 물도 존재를 잃어버린 채 고요함에 휩싸여 있었다.

여름날 신사의 축제에서 사온 금붕어였다. 대야에 물을 받아 풀어주니 의외로 활기찬 모습이어서 한 달 정도는 살 수도 있겠다고 생각해 과립으로 된 먹이를 사다 아이와 함께 종종 생각이 날 때마다 밥을 주었다. 이 집에 이사와 처음으로 키우는 생물이었다. 그리고 예상했던 것처럼 금붕어는 한 달 정도 살아남았다. 하지만 설마 대야 밖으로 튀어나와 죽을 거라곤 예상하지 못했다.

손바닥에 죽은 금붕어를 올리고 아이에게 내밀었다. 아직 그 몸은 물렁물렁했다.

"죽어버렸네, 역시. 자, 한번 만져봐."

딸은 눈을 크게 뜨고 입을 벌리더니 오른쪽 검지로 죽은 금붕어를 눌렀다.

"움직이지 않아요……. 차가워요……."

더 대범해진 아이는 큭큭 웃으며 금붕어 지느러미를 잡아당기고 손톱으로 머리를 톡톡 두들겨보기도 했다.

"죽으면 이렇게 되는 거야. 사람도 그래. 금붕어는 그런 것도 모르고 밖을 향해 튀어오른 거야."

"금붕어는 바본가 봐요."

딸은 웃긴다는 듯 그렇게 말했다.

"금붕어가 불쌍해?"

"불쌍해요."

"이거 어쩔까? 이왕 이렇게 된 거 우리 둘이 구워서 먹어버릴까?"

"싫어요!"

딸은 얼굴을 찡그리며 커다란 목소리로 그렇게 답했다. 웃음이 터져 나오려는 걸 참으며, 어쩌면 맛있을지도 모른다고 슬쩍 말을 건넸다.

"싫어, 싫어! 금붕어 같은 거 먹기 싫다구요! 얼른 이거 버려요!"

"그래? 그럼 아깝지만 별수 없네. 맛있어 보이는데 그냥 버려야 겠구나."

개수대 거름망 안으로 금붕어를 던졌다.

"꼼짝도 안 해요."

"거야 당연하지. 죽어버렸잖아. 쓰레기나 마찬가지야. 너도 죽으면 이렇게 되니까 죽으면 안 돼, 알았지?"

딸은 웃으며 고개를 끄덕였다.

이걸로 딸을 죽음으로부터 멀리 떨어뜨려 놓을 수 있을까? 나는 그런 생각을 하며 죽은 금붕어를 애처롭게 바라보았다.

그 무렵이었다. 그날도 일을 끝내고 나설 준비를 할 시간에 어린이집에서 연락을 받았다. 딸을 맡고 있는 젊은 보육교사가 말하기를, 아빠 후지노가 아이를 데리러 와 함께 갔다는 소식이었다.

"잘은 모르겠지만, 굉장히 밝은 표정으로 아이를 데리러 왔다고 하길래 모르는 분도 아니고 해서, 오늘은 아빠가 데리러 오는 날이라고 생각해 편한 마음으로 아이를 보냈는데, 이걸로 괜찮은 건지 갑자기 조금 염려가 되어서요. 일단 어머니께 확인차 연락을 드렸습니다만……."

"어디 간다는 말도 없이 말이죠?"

드디어 올 것이 왔구나, 라는 마음으로 자세를 바로 하고 차가운 목소리로 추궁하듯 물었다.

"네……. 그런 말씀은 따로……. 역시……."

"몇 시쯤 갔나요?"

"그렇게 오래되지는 않았습니다. 한 십 분 정도요. 이거 어쩌죠? 하지만 미리 확실히 일러주지 않으시니 결국 이런 일이 벌어지고 말았네요."

"제게 먼저 물어봐 줄 수도 있지 않았나요? 어째서 아이를 보내기 전에 미리 연락해 확인해 볼 생각을 안 한 거죠?"

"제가 그것까지 알 수는 없죠. 제가 돌봐야 할 아이는 어머님의 딸만이 아닙니다."

"그걸 몰라서 이러는 것이 아니잖습니까? 그래도……. 뭐, 됐습니다. 일단 제가 서둘러 귀가할 테니 혹시 그동안 무슨 소식이 있으면 집으로 전화 부탁드립니다."

　수화기를 내려놓고, 나를 지켜보고 있던 상사 스즈이에게 목례를 한 다음 책상 위의 서류들을 그대로 둔 채 사무실을 나왔다. 택시를 탈까 잠깐 생각했다가 시간이 시간이라 역시 전철이 택시보다는 빠를 것 같았다. 역으로 내려가는 계단을 지나 전철을 탄 후에도 몸은 계속 떨리고 있었다.

　삼십 분 후 집에 도착해 문을 열고 아무도 없는 실내를 빙 둘러보고, 집에 도착했는데도 딸에게 조금도 가까워지지 않았다는 데생각이 미쳤다. 후지노는 딸을 어디로 데리고 간 걸까? 빈집이 그답을 줄 리 없었다. 그렇다고 해서 지금부터 어린이집에 가보는 일도 무의미하다. 밖으로 나서 여기저기 아이를 찾아 돌아다니는 것도 불가능한 일이었고, 역시 내가 할 수 있는 건 집에서 아이가 돌아오기를 기다리는 일밖에 없었다. 후지노가 어디 사는지조차 모른다. 어떤 여자 집에 기거하고 있었단 건 알고 있지만, 그 여자가누군지도 모른다. 나와 별거하기 시작한 뒤로 후지노는 벌써 사는곳을 두 번이나 바꾸었다. 그의 입으로 직접 들은 이야기였다.

　식탁 의자에 걸터앉아 그저 기다렸다. 아무 생각도 들지 않았고무얼 해야 할지도 떠오르지 않았다. 시간이 멈추었다. 눈은 뜨고있었지만 의식은 멀어지고 있었다. 어쩌면 이대로 몇 날 며칠, 아니 몇 년을 내내 기다려야 하는지도 모른다.

　그때 노크 소리가 들려와 정신이 돌아왔다. 높은 곳에서 눈사태라도 일어난 듯 현관으로 달려가 문을 벌컥 열었다.

"엄마, 우리 왔어요! 아빠랑 산책하고 왔어요!"

딸이 즐거운 목소리로 그렇게 말하며 내게 안겼다. 휘청거리는 몸을 간신히 벽에 기대어 아이를 껴안았다. 딸이 눈부셨다. 아이 몸이 빛나고 있었다. 아이 몸에서 발하는 빛이 너무나도 눈부셔 주변이 잘 보이지 않았다. 아이를 등 뒤로 보내고 현관을 노려보았다. 검은 그림자 하나가 그곳에 있었다.

"오늘 날씨도 화창해서 산책하기 좋았어. 뭐야, 그 심각한 표정은? 잘 데려다줬잖아, 집까지."

그렇게 말하는 후지노에게 다가가 영혼까지 끌어모아 그의 뺨을 힘껏 쳤다. 손바닥으로 그의 체온이 전해져 왔다. 따스한 볼이었다. 당황해 얼어버린 후지노를 바라보며 과즙이 흘러내리는 듯 눈물이 흐르기 시작했다.

그가 뭐라 말하기도 전에 서둘러 문을 닫고 안에서 잠가 버렸다. 뒤를 돌아볼 수가 없었다. 딸은 조용히 내 뒤로 다가왔다. 문을 바라본 채 울음소리가 새어 나오지 않도록 조심했다. 후지노가 문 밖에서 계속 문을 두드리다 나중엔 발로 마구 문을 차기라도 하는지 큰 소리가 건물 안에 울려 퍼졌으나, 마침내 거칠게 계단을 내려가는 발소리가 들렸다. 내 등 뒤는 여전히 고요히 가라앉아 있었다. 아이를 안고 싶어도 눈물이 멈추지 않았다.

시간이 얼마나 흘렀을까? 아이가 나를 등 뒤에서 꼭 껴안았다.

속삭이듯 아이가 말했다.

"엄마 어딜 보는 거예요? 아빠는 벌써 갔는데……."

나는 고개를 끄덕이며 몸을 돌려 아이와 집 안으로 들어갔다. 세면대 앞에서 아직도 내게 붙어 있는 아이의 손을 떼어낸 뒤 얼굴을 씻고 코를 풀었다. 비로소 아이를 안았다.

"엄마, 머리가 아파요……. 어디선가 부딪힌 것 같아요."

고개를 돌린 아이가 남의 일처럼 말했다.

"그래? 그럼 엄마가 호 해줄게. 아픈 거, 아픈 거야, 다 사라져라."

어린 시절 자주 하던 주문을 외우자 아이가 떨리는 목소리로 따라했다. 아이는 곁눈질로 주문을 외우는 내 입을 바라보았다.

어린이집 원장이 나를 불러내 충고를 한 건 다음날 아이를 데리러 갔을 때다. 이도 저도 아닌 애매한 상태가 자녀에게 가장 힘든 일이다, 아이를 위해서라도 어떤 결론이든 괜찮으니 한시라도 빨리 신변 정리를 해 결과를 통보해주기 바란다, 당분간은 아이 아빠가 와도 아이를 데려가게 하지 않겠지만 어쨌든 아이 아빠가 무리해 데려가겠다고 한다면 아시다시피 교사들은 모두 여자인 데다가 법적으로 그걸 막을 근거가 없다, 어머님은 어떤 생각을 하고 있는지 궁금하다, 답하기 거북할지 몰라도 답변을 해주지 않으면 아이를 안심하고 돌보는 일이 어렵다, 아직은 아이에게 특별히 달라진 징후는 보이지 않지만 장래의 일은 알지 못하는 것 아닌가 하는 것들이었다.

나는 정식으로 이혼을 한 후 아이는 내가 키울 작정이라고 답했다. 그리고 아이 아빠도 아마 그걸 수용해줄 거라고 생각하지만, 아이를 아빠와 어떤 방식으로 만나게 할지는 아직 정하지 못했다. 아빠 쪽이야 자기 편한 시간에 언제든 아이와 만나기를 원할 테지만 나로선 그걸 인정할 수가 없다. 그런 식이라면 별거를 시작한 의미가 없다고 말했다.

 "그렇다면 지금은 어쨌든 만나게 하지 않을 생각인 거네요?"

 원장이 물어와 나는 고개를 끄덕였다.

 "앞으로는 어찌 될지 정해진 건 없지만 지금은 그러고 싶습니다. 이대로 가만히 있으며 안정을 되찾고 싶은 마음이에요. 그런데도 아이와 아이 아빠를 만나게 해줘야 할까요?"

 "케이스 바이 케이스라 뭐라 단정해 말하기는 어렵지만, 일반적으로 이런 경우 아빠와는 만나지 않게 하는 것이 아이를 위해서도 좋다고 생각합니다. 그렇다고 해서 절대 만나게 해서는 안 된다는 뜻은 아니에요. 그저 그 정도가 당분간은 무난하겠다는 말입니다."

 나는 약간 낙담한 표정으로 고개를 끄덕였다.

 "앞으로 다시 함께 살 생각은 없으신 거죠?" 대화 말미에 원장이 확인하듯 내게 물었다. 내가 그렇다고 답하니 원장은 그렇다면 주 양육자인 내게 최대한 협력하겠다고 덧붙이며 정신 바짝 차리고 아이 양육에 만전을 기해달라는 것으로 대화를 마무리했다.

후지노의 뺨을 때린 날과 딸이 밤마다 깨서 울기 시작한 시기 사이에 어떤 관련성이 있는지 아무리 고민해 봐도 답이 떠오르지 않지만, 어느 쪽이든 관련이 없다고는 하기 어려웠다.

아이가 죽는 꿈을 꾸고 며칠 뒤, 밤에 여전히 한밤중에 일어나 우는 아이의 몸을 갓난아기 때처럼 무릎 위로 안아 올려 아이 가슴께부터 배까지 원을 그리듯 쓰다듬으며 주문을 외웠다.

나쁜 꿈 사라지고, 무서운 꿈 멀어져라. 우리 아기 착한 아기, 예쁜 꿈만 꾸도록. 나쁜 꿈 사라지고, 무서운 꿈 멀어져라. 우리 아기 착한 아기, 행복한 꿈만 꾸도록. 어여쁜 꽃 활짝 핀 꿈. 고운 옷 입고 춤추는 꿈…….

문득 울음을 그친 아이가 얼굴에 미소를 띠고 내 목소리에 귀를 기울였다. 아이 얼굴을 바라보며 열심히 주문을 외우고 또 외웠다.

7. 모래언덕

공사는 두 시간도 안 돼 끝났다. 어이없을 정도였다. 어째서 내가 머리를 조아리지 않으면 안 되는지는 모르겠지만, 작업을 마치고 돌아가는 젊은 두 기술자에게 웃는 얼굴로 고개 숙여 인사했다. 돌아보니 창마다 하늘색 방충망이 틈 하나 없이 완벽하게 붙어 있었다.

"집이 파래졌어요. 밖이 보이지 않아요."

막 이사 왔던 날처럼 아이는 거실을 뛰어다니며 외쳤다.

"어쩔 수 없어. 밖이 전혀 안 보이는 건 아니니 다행이라고 생각하자."

푸른색 그물로 인해 마치 안개 속에 갇힌 듯한 창밖 풍경을 바라보며 그렇게 말했다.

옆집 과자가게 할아버지가 내게 역정을 낸 것이 약 열흘 전 일이다. 캔에 들은 인스턴트 미트 소스를 뿌린 스파게티를 아이에게 막 먹이려는 참이었다. 아직 혼자서 밥을 잘 먹지 못하는 아이를 챙기려다 보니 내 쪽 스파게티는 조금도 줄지 않았다. 먼저 아이를 먹인 다음 내가 먹는 쪽이 나았다. 하루 중 내가 가장 기다리는 시간이었다. 오후 5시부터 허기로 고통스러워하던 위를 채우는 단순한 기쁨을 만끽했다. 하지만 그런 시간은 늘 눈 깜짝할 새 지나 식사 종료와 함께 내 기쁨도 사라지고는 했다.

대체 이런 시간에 누굴까? 현관문을 두드리는 존재에 짜증을 내며 문을 열었더니 옆집 사는 노인이길래 안심하고 표정을 풀었다. 어쩐지 좋은 소식을 가지고 온 듯한 기분이 들었다. 무뚝뚝하고 까탈스런 노인이었지만 그렇게 나쁜 사람은 아닐 거라고 생각하며 만날 때마다 되도록 예의를 갖춰 인사를 해왔다. 이사한 날 쓰레기 처리 문제 같은 걸 먼저 알려준 것도 그 노인이었다. 그 후로 인사를 더 열심히 했다. 딸과 둘만 산다고 하니 여러모로 힘든 일이 많겠다며 뭐든 궁금한 게 있으면 편히 물으라고도 했다. 인사를 잘하는 내가 그 노인에게 나쁜 인상을 줄 리는 없었다.

하지만 그날 밤의 노인은 다른 분위기였다. 볼을 잔뜩 부풀린 얼굴과 격앙된 목소리로 무릎까지 떨어가며 나를 꾸짖기 시작했다. 하지만 무슨 말인지 이해하지 못한 나는 당황한 모습으로 붉으락푸르락하는 그 노인 얼굴을 바라보기만 했다. 나의 그런 태도에 더욱 화가 났는지 노인은 다시 목청을 높여 소리를 질렀다.

"순진한 척하기는. 내가 늙은이라고 만만히 봤나 본데 그렇게 어물쩍 넘어가려고 하면 곤란해. 다른 집을 엉망으로 만들어놓고선 해맑은 표정이라니!"

그제서야 나는 아이가 지난여름부터 옆집 지붕에 물건을 던지며 즐거워하던 일이 떠올랐다. 볼 때마다 아이에게 주의를 주고 창문에 가까이 다가가지 말라고 경고했지만, 그 정도로는 아이를 완전히 그만두게 하기에 무리가 있었다. 어느 정도는 별수 없다고 생각하며 주의를 딴 데로 돌리게 하려 애쓰는 가운데 얼마만큼은 못 본 척하며 포기한 것도 있었다. 실제로 가을로 접어들자 아이는 창밖으로 물건을 던지는 횟수가 현저히 줄기도 해서 어느새 나는 아이가 창밖으로 물건을 던지는 습관을 까맣게 잊고 있던 참이었다.

"아이가 또 뭔가를 던진 걸까요?"

"그렇다니까! 이제야 결국 인정하는군."

노인이 그토록 분노하는 이유를 정확히 알기 어려워 일단 집으로 들어가 주방 창문을 열고서 옆집 지붕을 내려다보았다. 어둑어둑해 정확히 보이지는 않았지만, 지붕 위에 쌓인 물건이 전보다 많아진 건 알 수 있었다. 지붕에 구멍이라도 뚫린 건가 싶어 눈을 부릅뜨고 바라보고 있으니 노인도 집으로 들어와 자기네 가게 지붕을 창문으로 확인했다.

"거봐요! 이건 심하잖아."

"죄송합니다. 조심하게끔 시켰습니다만……."

"조심했다고? 눈이 있으면 좀 보란 말요. 조심한 게 저건가?"

"정말 죄송합니다."

"사과하는 걸로 넘어갈 작정은 아니지?"

"정말……. 죄송해요."

"남의 집 같은 건 어찌 되어도 상관없다고 여긴 모양인데, 저 집엔 노인 둘이서만 조용히 사는 집이란 말이요. 할머니가 자고 있는 와중에 영문 모를 소리가 들리면서 뭔가가 지붕에 떨어지는 거

같으면 얼마나 무서운지 아나? 잠도 잘 수 없단 말요. 비는 줄줄 새지, 지붕을 고치는 것만 해도 엄청난 일이라고. 됐고, 일단 좀 우리 집으로 와줘야겠어. 할머니가 기다리고 있으니."

"밥은 이따 먹자, 중요한 일인 거 같으니까 말썽부리지 말고 있어야 해."

노인이 감시하듯 바라보고 있었기 때문에 아이를 의자에서 안아올리고 다짐을 받아둔 뒤 슬리퍼를 신고 나갔다.

가게 구석에 몸집이 작은 노인의 아내가 솜으로 누빈 겉옷을 걸친 모습으로 기다리고 있었다. 최대한 고개를 숙여 사과를 드렸다. 변명의 여지가 없는 내 잘못이 맞았으니까. 사실 물건을 던지는 아이에게만 신경을 쓰다 보니 지붕 위로 물건이 떨어질 때마다 누군가 놀랐을 거라는 데까진 생각이 미치지 못했다. '사람들이 지나다니는 길 쪽으로 던지는 건 아니니까'라며 검은 기와지붕이 있는 데 안도했을 정도였다.

노부부가 교대로 '비가 줄줄 새서 이불을 여기저기 옮기지 않으면 안 됐다, 처음에는 무슨 천재지변이라도 생긴 건가 싶어 원인을 찾느라 고생하다 대피까지도 생각했다, 그럼에도 우리야 늙은 이들이니 견디는 데까진 견뎌왔다, 아무리 그래도 소리가 얼마나 큰지 한번 들어봐야 한다' 등등 격한 말투로 토로할 때마다 나는 그저 고개를 조아리며 동시에 딸에게도 그렇게 하도록 시켰다. '지붕은 당연히 제가 부담해 고치도록 하겠습니다, 그 외에도 뭐든 할 테니 너그럽게 봐주세요'라고 전했다.

하지만 그들은 내 말은 안중에도 없다는 듯 서로 더욱 열을 올리며 말을 이어갔다. 나는 그들의 어떤 말이라도 받아들이겠다는 태도로 묵묵히 듣기만 했다. 노부부의 기분을 풀리게 하는 건 수리비도, 정중한 사과의 말도 아니었다. 둘이 마구 쏟아내는 성토를 그저 계속 듣는 것 말고는 없었다. 언제쯤이면 집으로 돌아가 저녁을 먹을 수 있을까. 나는 울적한 마음에 고개를 숙인 채 발끝만 내내 쳐다보았다.

"뭘 그렇게 던졌는지는 모르겠지만 이런 작은 아이 혼자 한 짓은 아닐 테지."

노인이 그렇게 말을 덧붙였다.

"아이 탓으로 돌렸지만 실은 댁이 한 거 아니오?"

"이런 여자라면 그러고도 남아요."

"그런 정도는 말 안 해도 알지. 뭔가 저지를 거라고는 예상했는데 방화가 아니라 그나마 다행이라고 해야 하나?"

"하기야 제대로 된 여자라면 저런 집을 혼자 빌려 살 리가 없지."

흘려듣지 않으면 안 돼, 흘려듣지 않으면 안 돼. 나는 스스로를 누르던 끝에 한 마디 던졌다.

"아이 탓으로 돌린다니 대체 무슨 뜻이죠?"

노인이 답했다.

"당신도 같이 던진 거 아니냐는 뜻이네만."

잠자코 듣고 있었다면 좋았겠지만 나도 한 마디 더 보탰다.

"그런 짓을 하는 부모가 있다고 생각하세요?"

"그거야, 세상엔 별별 부모들이 다 있으니까!"

그때 노부인이 말했다.

"뭐야, 정말. 그 말본새 하고는."

그때부터 자제심을 잃어버린 나는 숨이 가빠지고 눈앞이 흐려졌지만, '이 말만큼은'이라는 마음으로 입을 움직였다. 어떤 단어들이 내 입에서 쏟아져 나온 건지는 모르겠지만, '아이가 저지른 일은 전부 부모인 내 책임이 맞다, 진심으로 사과드리고 싶다, 하지만 아이와 함께 창밖으로 물건을 던지는 일 같은 건 단 한 번도 한 적이 없다, 그런 짓을 하는 부모가 있다니 믿기지 않는다, 내가 어떻게 해야 내 말을 믿어줄 건가' 등등의 말을 토해내며 거세게 대응했다.

"자자, 애기 엄마, 좀 진정하라고".

노인의 당황한 목소리가 귀에 들어왔다. 노인의 말에 어깨를 축 늘어뜨리며 한숨을 쉬었다.

"적반하장도 유분수지……. 됐고, 우리 집 지붕이 또 부서지면 곤란하니 그 집 창문에 방충망이라도 달아야 할 거요. 오늘 그 집 건물주 후지노씨에게 가서 일러둘 작정이니 어떻게 해서든 하루라도 빨리 다는 게 좋을 거외다. 잘 기억해 둬야 할 거요."

"저야 그저 세입자일 뿐이니 하시고 싶은 대로 하시든가요……."

114

작은 목소리로 그렇게 답하고 그곳을 빠져나와 집으로 돌아왔다. 두 노인은 어안이 벙벙한 표정으로 내가 나가는 걸 바라보고 있었다. 창문마다 방충망이 빼곡하게 달린 모습을 떠올려 보았다. 설마 그럴까 싶었다.

　"무서웠어요…….."

　내 품에 안긴 아이가 한숨 섞인 목소리로 중얼거렸다. 고개를 끄덕인 나는 그 순간 분한 마음이 일순 밀려와 소리 내어 울기 시작했다.

　"엄마, 엄마, 괜찮아요? 착한 아이는 울지 않는다면서요……. 울지 마요, 울지 마요."

　아이가 울면 내가 늘 하는 말이었다. 나는 몇 번이고 고개를 끄덕여줬다.

　"그래, 그래. 이런 일로 울면 바보지. 맞아. 그러니까 제발 부탁인데, 창밖으로 아무것도 던지면 안 돼, 알았지?"

　딸은 고개를 끄덕였다. 고개를 들어보니 그때까지도 현관문이 열린 채였다. 집 안 불빛이 어두운 복도까지 번져 삼각형 모양으로 빛의 영역을 만들고 있었다. 그래, 나는 엄마잖아. 어떤 어리석은 일을 반복해도 바닥까지 나를 혐오하지 않을 무언가가 반드시 있을 거라고 믿고 싶었다. 노부부가 내 말을 믿어주기 바랐다. 하지만 결국 나는 그들에게 새된 목소리로 아우성치는 것 말고는 아무것도 하지 못했다. 당신들마저……. 이런 절망이 밀려와 현기증이 날 것만 같았다.

그로부터 일주일 정도 지나, 건물 관리를 맡은 부동산 중개인의 연락을 받았다. 여러 가지 검토한 결과 사고방지를 위해서라도 창문에 모두 방충망을 달기로 했으니 공사하는 날에는 반드시 집에 머물러 달라는 전갈이었다. 나일론 재질의 방충망이라 시야를 그렇게 방해하지는 않을 거라고.

"어느 창문에 달 예정인가요?"

주방과 화장실의 작은 창문을 제외한 큰 창 전부에 달 예정이라고 했다.

토요일 오후, 공사가 시작되었다.

심야에 '가와우치'라는 이름의 남자에게서 돌연 전화가 걸려왔다. 지금 역 근처인데 할 이야기가 있는데 괜찮다면 잠시 들러도 되겠냐는 전화였다. 괜찮으니 들러도 좋다고 전했다. 가와우치의 방문이 내게는 당연한 것처럼 느껴졌다. 오히려 지금까지 가와우치의 방문을 고대하고 있었다는 편이 정확할지도 모른다.

도서관에 자주 얼굴을 내미는 방송국의 젊은 여직원 집에 딸과 함께 놀러가 종종 초밥을 배달시켜 먹고는 했다. 한 평 반 정도 되는 주방에 세 평짜리 방이 하나 있는 집이었다. 늘 어질러져 있는 내 집과는 달리 그녀의 집은 지나치게 깔끔한 나머지 썰렁하게 느껴질 정도였다. 꼬이고 꼬인 그녀의 인간관계 고민 같은 걸 들으며 맥주를 마시다 졸린 아이가 보채기 시작하면 그녀는 '이제 막 재미있어지기 시작했는데! 그러지 말고 우리 집에서 자고 가요'라고 말했다. 잠든 아이를 업고 가지 않아도 되겠다고 안심한 순간 나도 마음을 탁 내려놓고선 들고 간 위스키를 마시기 시작했다.

후지노와 별거를 시작한 지 얼마 지나지 않은 때부터 친해진 그녀는 나보다 두어 살 아래였다. 점점 가까워져 속 깊은 이야기도 나누게 되면서 그녀에게 요 몇 년 새 깊게 사귀고 있는 남자가 있음을 알게 되었다. 내 별거 이야기를 들은 그녀는 낙담한 목소리로 말했다. 어쩐지 얼마 전부터 무슨 일이 있어 보여 걱정하던 참이었다며, 평범한 사람인 줄 알았는데 실망이라고 농담조로 말하며 웃었다.

"뭐야, 이 정도면 평범한 거 아니야?"

"전혀 아니거든요! 우리 둘 다 적어도 지금은 그렇지 않아요. 그래서 우리가 이렇게 함께 술 마시고 있는 거잖아요."

그날 밤 나는, 오랜만의 외박에 흥이 올라 위스키를 부어라 마셔라 하며 별별 이야기를 다 나누었다.

술에 취해 거실 바닥에서 꾸벅꾸벅 졸고 있을 무렵 돌연 그녀의 남자친구가 나타났다. 화들짝 놀라 몸을 벌떡 일으켰다.

"내게도 사정이란 것이 있는데 이런 식이면 곤란해."

그녀가 남자에게 짜증을 내기는 했지만 결국 남자를 돌려보내는 일은 하지 않았다.

"우린 이미 마실 만큼 마셨으니까 속도를 맞추려면 쭉쭉 마셔.

안 그러면 우릴 쫓아올 수 없을 걸. 집에 연락은 하고 온 거야? 아직이면 이 전화 써도 돼."

남자는 말없이 살짝 웃더니 위스키를 마시기 시작했다.

서둘러 딸과 함께 돌아가지 않으면 안 된다고, 남자친구가 온 마당에 한시라도 빨리 가야겠다는 생각이 들었지만 어찌 된 일인지 몸을 일으킬 수가 없었다. 몸을 움직이는 게 어려운 상태였을 뿐 아니라 '사실 따지고 보면 내가 먼저 온 방문객인데 왜 내가 나가야 해?'라는 기분이 들기도 했다. 그러나 나와 남자친구를 번갈아 가며 응대를 하다 스트레스를 받았는지 내심 내가 그만 가줬으면 하는 그녀의 신호를 무시하기도 어려웠다.

서로를 부추기며 위스키를 마시던 그녀의 남자친구는 급속하게 취기가 올라서인지 여전히 친절한 표정으로 나를 대하면서도 그녀에게 손장난을 치기 시작했다. 가슴을 슬쩍 만지거나 허벅지를 쓰다듬었다. 마치 이거 보라는 듯한 느낌이었다. 나는 그녀를 부러워하고 있는 걸까? 불현듯 머리가 아파왔다.

"저기 전화 좀 빌릴게."

일어서며 그녀에게 말했다.

"그럼요, 얼마든지요. 그런데 이런 시각에 어디에 전화를……."

나는 최대한 자연스러운 목소리로 답했다.

"남자친구지. 당연한 거 아냐?"

"아……. 그렇군요……."

118

그녀는 믿기 어렵다는 눈빛으로 나를 바라보았다. 남자가 웃으며 그녀의 어깨를 감싸안았다.

가방을 뒤져 수첩을 꺼내 주소록을 펼쳤다. 어떤 번호라도 상관없어. 어쨌든 어딘가에 전화를 걸지 않으면 안 돼. 손끝이 떨리고 있었다. 주소록 안에 가와우치라는 이름을 발견했다. 어린이집 학부모회 회장이었다. 일전에, 어째서 학부모 회의에 참석하지 않았는지 물으며 조만간 만나 허심탄회하게 이야기라도 나누고 싶다고 내 수첩에 가와우치가 직접 전화번호를 적어 주었다.

이 사람이라면 별로 의심받지 않고 이 상황을 모면할 수 있을 것 같았다. 알아보기 힘들게 쓰인 번호를 누르며 전화를 걸었다. 벨이 몇 번 울리지도 않았는데 그는 금세 전화를 받았다.

등 뒤에서 듣고 있는 둘을 의식하며 수화기를 통해 작은 목소리로 말을 걸었다.

"여보세요? 저 후지노인데 가와우치씨 댁인가요?"

가와우치는 태평한 목소리로 답했다.

"흠……. 후지노요? 어느 후지노씨를 말씀하시는 걸까요?"

"어머, 집에 있었군요? 잘 됐어요. 지금 친구네 집인데 자기랑 만날까 해서요. 괜찮죠?"

슬쩍 뒤돌아보니 그녀의 남자친구는 고개를 숙인 채 술안주인 마른오징어를 씹고 있었다.

"우리 본 지 며칠 됐죠? 얼른 갈게요. 한 십 분 정도 걸릴 테니 조금만 기다려줘요."

수화기를 내려놓자마자 세상모르고 잠들어 있는 아이를 안고서 그녀에게 인사를 했다.

"나는 그만 갈게."

"정말 괜찮아요? 그렇게 취했는데?"

엉거주춤 일어난 그녀가 의심스럽다는 듯 말했다.

"아휴, 전혀 괜찮아. 밤은 아직이잖아."

남자가 큰 소리로 웃었다. 나도 함께 웃으며 밖으로 나섰다. 땀에 젖은 몸에 바깥 공기가 스치자 기분이 상쾌했다. 걷는 동안 점점 토할 것 같아 아이를 안은 채 길가에서 몇 번이나 멈춰서야 했다.

그는 내 거짓말을 아는 유일한 사람이다. 이런 생각을 하다 보니 그를 도저히 외면하기 어려웠다. 부끄러운 마음을 불러일으키는 가와우치를 못 본 척할 수가 없었다. 하지만 실제로는 어린이집에서 그를 만날 때마다 소심하게 도망치고는 했다.

그에게 전화로 내 집에 오는 길을 알려주는 동안 내 목소리는 기대로 춤을 추고 있었다. 가와우치가 도착하기 전에 나는 옷을 갈아입고, 내 방에 유리잔과 위스키를 준비해 두었다. 그리고 계단을 내려가 셔터를 열어 가와우치를 맞이했다.

"일부러 여기까지 와줘서 고마워요. 이 건물 4층이 우리 집이에요. 들어오세요."

내 방으로 그를 안내하고 물과 얼음을 아직 가지고 오지 않은 것이 생각나 주방으로 향했다. 가와우치는 내가 말한 대로 양반다리를 하고 앉더니 담배에 불을 붙였다.

"언제나 신세를 지고 있으면서 제대로 된 인사도 드리지 못해 죄송해요. 보다시피 혼자서 뭐든 해야 하는 상황이라 방도 치우지 못하고…… 가와우치씨 부인 또한 학교 일로 바쁠 텐데 뭐든 척척 잘 해내는 것 같아요."

냉장고에서 얼음을 꺼내며 그렇게 말을 걸었다. 가와우치는 웃으며 세탁물이 여기저기 흩어져 있는 집안을 슬쩍 둘러보았다.

"참 보기 좋은 부부예요. 부러울 정도로. 모두 가와우치씨가 잘해서겠지요? 어린이집 정원 확장을 위해 예산을 따낸 것도, 난방 기기를 새 걸로 교체한 것도요."

얼음이 담긴 그릇을 오른손에, 물은 왼손에 들고 방으로 돌아왔다. 그 순간 슬리퍼에 발이 걸려 얼음을 바닥에 쏟고 말았다.

"하아, 정말…… 형편없네요, 나란 사람."

바닥에 떨어진 얼음을 주워담기 시작했지만, 그릇에 산처럼 쌓아온 얼음을 그렇게 빨리 주워 담을 수는 없었다. 생각지도 않은 먼 곳까지 날아간 얼음도 있는 데다가 얼음 때문에 손가락이 차가워져 서두르면 서두를수록 사각형의 작은 얼음은 더 줍기 어렵기만 했다.

문득 고개를 들어 가와우치를 보았다. 그는 담배 연기와 함께 그런 나를 멍하니 바라보고 있었다. 가와우치의 눈에 비친 내 모습이 어떨지 생각해 보았다. 순간 자리에서 일어나 기껏 주워담은 얼음을 다시 바닥 위로 와르르 부었다.

"저기 이봐요. 뭘 그렇게 빤히 쳐다보고만 있는 거죠? 도와야겠다는 생각 같은 건 안 하나요? 바보 취급하는 데에도 정도가 있지. 그만 가주시겠습니까? 알랑대는 말이나 들으며 즐기고 싶을 테지만 웃기지 말아요. 얼음 하나도 주워주지 않는 주제에 도대체 여기 왜 온 거죠?"

가와우치의 얼굴이 일그러지더니 그대로 아무 말 없이 밖으로 나갔다.

문을 나서는 그의 뒷모습을 망연자실 바라보기만 했다. 뭔가 더 적절한 말을 하고 싶었다. 얼음 이야기를 할 생각은 아니었다. 그는 어째서 이곳에 온 걸까? 나는 뒤쫓아 나가 그의 팔을 잡았다. 그리고 몸을 돌린 가와우치의 품에 안겼다.

"이대로 돌아가지 말아요. 제발 부탁이에요."

아침에 눈을 떴을 때 이미 가와우치는 없었다. 서두르지 않으면 지각할 시각이었다. 그와 잠들었던 방에서 나와 딸 방으로 갔다. 아이 곁에 누웠다. 몸을 뒤척이던 아이가 등을 돌렸다. 나는 눈을 감고 다시 잠이 들었다.

누군가가 문을 두드렸다. 딸이 일어나 문 쪽으로 갔다. 나는 이불을 뒤집어쓴 채 계속 눈을 감고 있었다.

"선생님! 엄마, 선생님이에요!"

딸의 수선스러운 목소리에 몸을 일으켰다.

"왜 이렇게 시끄럽게 구는 거야. 선생님이라니?"

눈을 비비며 현관 쪽으로 고개를 돌려보니 어린이집 보육교사가 그곳에 있었다.

"아직 주무시고 계셨던 거에요? 무슨 일이라도 있는 건가 했잖아요."

빠른 어조로 얼굴이 상기된 교사가 말했다.

"요새 어린이집 가는 시간이 조금씩 늦는 것 같아서요. 오늘도 아무런 연락이 없으니 모두 걱정이 돼서……. 오늘 회사는 휴무신가요?"

"아뇨……. 지금부터 가려고요……."

"아……, 그럼 아이는 제가 어린이집에 데리고 갈게요. 회사도 회사지만 어린이집 등원 시간은 앞으로 지켜주시길 바랍니다. 아이를 위해서라도 꼭 좀 부탁드려요. 자, 오늘은 선생님이랑 가자. 빨리 가서 오전 간식 먹어야지."

선생님의 도움을 받아 허둥지둥 옷을 갈아입히고 신난 표정으로 집을 나서는 아이를 배웅했다. 문을 잠근 후 바로 사무실에 전화를 걸었다. 방 안의 창문은 푸른색 새 방충망으로 덮여있어 집이 이전보다 좁아 보였다. '새장이네.' 달라진 창문을 보며 줄곧 뭔가와 닮았다고 생각했는데 드디어 떠올랐다. 세 평짜리 내 방으로 돌아와 아직 펼친 채로 있는 이불 속으로 들어갔다. 가와우치의 체취가 아직 남아 있는 듯한 느낌이었다.

창을 덮은 방충망을 보며 어느새 다시 잠이 들었다.

잠의 나라, 나는 모래언덕에서 방황하고 있었다. 세찬 바람으로 눈을 제대로 뜰 수조차 없었다. 모래알이 날아와 온몸을 때렸다. 눈에 보이는 풍경은 온통 모래뿐, 거대한 그 광경에 나는 압도되고 말았다. 거센 바람의 기운 때문에 끝없이 펼쳐진 모래언덕이 얼마나 큰지 짐작할 수 있었다. 새된 바람 소리가 저 먼 곳으로부터 이곳까지 울려 퍼지고 있었다.

발치로 모래가 흐르고 있었다. 달리 볼만한 무언가가 없었기에 모래의 움직임을 계속 관찰했다. 아무리 바람이 세다고 한들 모래가 이토록 빠르게 흐를 수 있는 걸까? 그 순간 갑자기 모래바람이 소용돌이를 그리기 시작했다. 소용돌이는 점점 부풀어 커다래지더니 그 안에 하얗고 작은 무언가를 남기고 무너지면서 바람에 흩어져갔다. 그곳에 남은 건 이제 막 태어난 아기의 머리 같았다. 자세히 보고 싶은 마음에 허리를 구부리자마자 다시 모래바람의 습격을 받았다. 몸을 때리는 모래알이 너무 아파 머리를 마구 흔들었다. 발아래에서 높고 맑은 목소리가 들려왔다. '있어요오오오오', 내 귀에는 그렇게 들렸다.

바람의 방향이 바뀌자 나는 다시 '머리'로 보이는 그걸 찾기 시작했다. 넓게 펼쳐진 모래밭 위로 바람을 따라 춤을 추는 모래가 소용돌이를 그리거나 흘러갈 뿐이었다.

있어요오오오, 목소리가 다시 조금 떨어진 곳에서 들려왔다. 바람 소리가 아니었다. 등 뒤에서 들려왔다. 소리는 수직으로 공중에 떠오르더니 점점 희미해져 갔다. 정신을 차리자 모래언덕 위로 온통 소리가 가득했다.

"저건 아기 목소리인가요?"

누구라도 좋으니 대답을 듣고 싶었다. 그때 남자 목소리로 대답이 들렸다.

"유난히 바람이 거센 날, 모래에서 태어나는 아이가 있습니다. 모래 아이는 저렇게 부르짖는 소리밖에는 내지 못합니다. 계속 부르짖으며 죽어갑니다. 여기서 나갈 수도 없고 누구도 알지 못합니다."

"고통스럽지 않을까요?"

"그 아이들은 그저 외칠 따름입니다."

"참 아름다운 목소리예요."

나는 나직하게 속삭이고는 심호흡을 했다.

8. 붉은빛

눈을 뜬 순간 또 늦잠을 자버렸구나 하는 마음에 깊은 절망에
빠지고 말았다. 이번에야말로 절대 용서받지 못할 일을 저질렀
다. 회사 상사의 가느다란 눈매와 아이 어린이집 교사들의 눈동
자가 나를 응시하고 있다.

몸을 부르르 떨며 일어나려는데, 내 오른쪽 어깨에 부드러운 볼
을 붙이고 숙면에 빠져 있는 청년이 보였다. 딸은 왼편에서 팔을
내 몸에 걸친 채 잠들어 있었다. 우리 셋의 다리는 고타츠 이불 안
이었다.

작은 볼륨으로 켜둔 TV에서 흘러나온 소리가 어두운 방으로 퍼
지고, 멀리서 물이 끓는 익숙한 소리가 들려왔다. 집안을 따뜻하
게 하려고 아침부터 계속 주방에서 물을 끓이고 있었다는 걸 기
억해냈다. 전날 밤 내린 비로 공기가 싸늘해졌으나 서둘러 난로
를 꺼낼 정도의 추위까지는 아니었다. 비가 갠다고 한들 딸을 데
리고 어딘가 나들이를 갈 생각은 조금도 없었지만, 온종일 전등을
켜고 있어야 할 정도로 어두워진 방안에 가만히 있기에는 아쉬운
일요일이었다. 그날 오후 스기야마가 집에 놀러 왔을 때, 딸보다
도 오히려 내가 더 반가웠을 정도였다.

샴푸 향기가 감도는 스기야마의 머리카락을 왼손으로 가볍게
쓰다듬고는 다시 눈을 감았다. 눈을 뜬 지금 이 순간, 여태껏 끌어
안고 있던 불안이 어딘가로 녹아 사라진 듯한, 기분 나쁜 꿈일랑

어딘가로 흩어져 버린 듯한, 기분 좋은 예감이 깃들어 있었다. 행복으로 충만해진 그런 느낌이었다. 아직은 얼마든지 더 자도 되는 거야. 여기 나를 괴롭힐 존재는 아무도 없어. 아까까지 꾸었던 꿈을 떠올려 보았다.

어둡고 널따란 어떤 곳에 내가 누워있다. 검은색 부분은 부드러운 진흙이다. 지평선이 보였다. 몇 날 며칠을 걸어도 보이는 풍경이 바뀔 리 없다고 생각될 정도로 검은색 진흙이 끝없이 펼쳐져 있다. 그리고 비행기. 그건 아마도 비행기가 맞을 것이다. 나는 비행기를 타고 이곳에 도착했다.

조금씩 꿈속에서 본 내 모습이 떠오르기 시작했다. 처음에는 방안에 있었다. 나 말고도 스물에서 서른 명 정도가 어둑하니 천장이 높은 방에 함께 있었다. 기다란 책상이 줄지어 있었고, 한 책상당 다섯 명 정도의 사람들이 모여 있었다. 제각기 앉아 있는 모습이 마치 병원 대기실 같았다. 커다랗고 투명한 유리창으로 빛이 들어와 역광으로 인해 모두가 잿빛 그림자처럼 보였다. 하지만 다들 나를 잘 아는 사람인 것만 같았다.

실종된 이의 생존을 낙관하기 어렵다는 메시지가 전달되었다. 그 전언에 온몸이 허물어질 듯한 슬픔을 느꼈다. 방안은 적막했다. 저마다의 탄식이 연기처럼 창백하게 방안 가득 길게 퍼지더니 소용돌이를 그리는 것처럼 보였다.

나는 바깥으로 나왔다. 뭔가 해야 할 일이 있는 것만 같은 기분이었다. 서두르지 않으면 안 된다는 생각이 들었다. 그러자 어느 새 내 몸은 탈것 안에 있었다. 핸들을 쥐고 액셀을 밟았다. 기계는 아무런 흔들림조차 없이 1미터 정도 공중으로 떠오르더니 엄청난 속도로 하늘을 가르며 날기 시작했다. 비행기였다는 사실을 알자마자 흥분이 몰려왔지만, 비행기는 갈수록 속도를 올리고 있는 데다가 처음 떠오른 그 높이 이상으로는 고도를 높이지 않았다. 좁은 길 양옆으로 우거진 나무가 이어지고 있었다. 나뭇가지가 햇빛을 가리고 있어 터널처럼 보였다. 나는 어떻게 해서든 구부러진 그 길을 요리조리 피해 비행을 유지하려 핸들을 오른쪽에서 왼쪽으로 쩔쩔매며 돌리는 것이 고작이었다. 즐비한 나무의 줄기가 엄청난 기세로 다가왔다가 비행기 뒤로 사라져갔다.

비행기는 갑자기 검고 넓은 어딘가로 진입했다. 한동안은 속도를 떨어뜨리지 않았지만 점점 진흙의 점도에 밀려 액셀을 밟아도, 몸으로 기계를 흔들어봐도, 한번 떨어진 속도를 회복하는 일은 불가능했다. 마침내 비행기는 진흙에 반쯤 묻혀 더 이상 움직이지 않게 되었다.

그제야 비로소 내가 생사를 알 수 없게 된 실종자를 찾고 있었다는 걸 깨달았다. 그 사람을 찾고 있다는 건 그와 운명을 함께하는 일이다. '마침내 나도 이곳에서 죽음을 맞이하게 되겠구나'라는 생각을 하며 다시 한번 주위를 한 바퀴 빙 둘러보았다. 비행기는 늪에 완전히 가라앉았는지 더 이상 보이지 않았다. 검은 진흙

이외에는 아무것도 없는 곳이었다. 내가 자처해 그 사람에게 가려 했던 건 무슨 이유에서였을까? 무언가를 찾으려 한 건 맞는 걸까? 자꾸만 그런 생각이 꼬리에 꼬리를 물고 이어졌다. 그 사람은 누굴까? 분명히 이 늪 어딘가에서 나를 바라보고 있을 텐데…….

스기야마가 내 집에 온 건 바로 그 일요일의 일로, 그날이 두 번째 방문이었다. 후지노와 살 때 가끔 찾아오고는 했던 학생이었다. 스기야마가 아직 고등학생이었던 시절의 모습을 기억한다. 피부가 하얗고, 토실토실 살은 쪘지만 몸이 약했던 스기야마는 사람의 눈을 제대로 쳐다보지도 못할 정도로 소심하고 열등한 학생이었다. 그럼에도 대학교수였던 스기야마의 부친은 돈은 얼마든지 써도 좋다며 대학에 들여보내고 싶어 했다. "말도 안 되는 소리지!" 후지노가 혀를 차며 말했다. 말수가 없고, 늘 고개를 푹 숙이고 있던 스기야마는 후지노가 어떤 모진 말을 해도 수줍은 듯 웃으며 고개를 끄덕일 뿐이었다. 성적이 얼마나 나쁘든 외모가 얼마나 추하든 비굴해질 필요는 없지 않냐고 짜증을 내면서도, 나는 그런 스기야마를 비굴하게 만드는 것들로부터 보호해주고 싶었다. 내가 그럴 때마다 그가 그 나이 또래답게 천진한 미소를 지으면 마냥 기분이 좋았다.

스기야마는 1년 재수 끝에 이름도 들어본 적 없는 신설 사립대학에 들어갔다.

그 후 1년쯤 지났을 무렵 그는 후지노에게 강의가 어렵다, 내용을 따라갈 수가 없다, 수업료가 아깝다, 그러니 학교를 그만두고 돈이나 벌겠다고 털어놓은 적이 있다. 정말 구제불능이라며 후지노는 크게 비웃었다. 스기야마는 부끄러움에 얼굴이 빨개져 고개를 푹 숙였다. 그날 나는 스기야마를 억지로 데리고 나와 영화를 보러 갔다. 그는 스무 살이 되어도, 스물셋이 되어도, 여전히 아기처럼 부드럽고 둥글둥글한 몸을 하고서 등을 움츠린 채 땅바닥만 보며 걸었다. 후지노와 별거를 시작하고 이사했을 때 일단 스기야마에게도 새 주소를 알리긴 했었다.

처음 우리 집에 왔을 때 스기야마는 집 안에 후지노의 흔적이 없다는 사실을 조금도 신경쓰지 않았다. 딸을 위해 토끼 인형을 선물로 들고 왔다. 딸이 하자는 대로 목말을 태워 밖으로 나가 걷기도 하고, 레슬링 흉내를 내며 놀아주었다. 가까운 놀이터에 데려가기도 했다. 스기야마가 그만 돌아가려고 하자 딸은 그의 손을 꼭 붙잡고 그를 따라가려 했다. 금방이라도 울음을 터뜨릴 듯했지만 나는 아랑곳하지 않고 아이를 안아 올려 스기야마를 배웅하려는데 애써 눈물을 참으려는 그의 얼굴도 일그러져 있었다.

그를 배웅하며, 실은 나 후지노와 함께 살고 있지 않다고 털어놓았다.

"이제 아이와 나 둘뿐이니까 괜찮으면 가끔 놀러 와. 빈말 아니야, 알겠지?"

스기야마는 진심을 담아 고개를 크게 끄덕였다. 그렇지만 사실 큰 기대를 했던 것은 아니다. 이전과는 달리, 남편이 없는 여자를 보통의 남자들이 어떤 시선으로 바라보는지 모르지 않았다. 일주일 후 다음 일요일이 되었을 땐 그가 방문했다는 사실조차 잊었다. 하지만 바로 그날 커다란 슈퍼마켓 봉투를 안은 스기야마가 빗속을 뚫고서 다시 내 집에 왔다. 문 앞에 스기야마의 모습이 보이자 나는 환호성을 지르며 딸을 불렀다.

"빨리 와 봐! 그때 그 삼촌이야!"

스기야마가 들고 온 꾸러미 안에는 배추와 시금치 같은 야채와 닭고기가 들어 있었다. 딸이 그에게 매달려 시끄럽게 수다를 떨자 스기야마는 살짝 긴장한 얼굴로 요리를 시작했다. 완성된 요리를 보니 비프스튜 색깔을 한 닭고기 스튜였다. 역시 그가 사온 버터롤빵을 뜯으며 우리 셋은 스튜 시식회를 시작했다. 그가 만든 스튜는 깜짝 놀라 웃음을 멈출 수 없을 정도로 맛있었다. 그렇게 스튜를 세 접시나 비우고 말았다. 아이도 이마에 땀이 송송 맺힌 얼굴로 몇 번이나 '더 주세요'라고 외쳤다.

냄비 가득했던 스튜가 어느새 바닥을 보이자 졸음이 밀려와 셋 다 누워 TV를 보았다

딸은 고타츠 담요 끝자락을 빨더니 쌕쌕 숨소리를 내며 잠들었다. TV 소리를 작게 하고 불을 꺼주었다. 그리고 나도 딸과 스기야마 사이에 몸을 뉘었다.

"자아, 지금부터 낮잠 시간이야……."

스기야마의 얼굴은 고등학생 때와 조금도 달라지지 않았다. 나는 몸을 돌려 그의 커다란 몸에 기대어 팔에 얼굴을 묻었다.

"푹신푹신해. 꼭 구름처럼."

"뚱뚱해서……."

스기야마가 부끄러운 듯 대답했다.

"으응, 기분 좋아. 심장 소리 들린다. 그거 알아? 심장이 제일 먼저 생겨. 사람 몸에서. 심장이 먼저 생기고 그다음에 머리랑 척추가 생기는 거야."

"에? 그랬나?"

"아마 그럴걸. 너도 들어볼래, 심장 소리?"

고개를 끄덕이며 스기야마가 내 가슴에 귀를 댔다.

"들려?"

"들려……."

"다들 그래……."

둘 다 그리고는 입을 다물었다. 눈을 감고 스기야마가 듣고 있을 내 심장 소리에 나도 귀를 기울였다. 그러다 잠이 들었다.

저녁에 되자 딸과 나는 스기야마를 배웅하러 역까지 함께 갔다. 근처 서점에 들러 부록이 잔뜩 딸린 어린이용 잡지를 샀다. 실은 딸이 어린이집에서 보육교사 눈을 피해 옆 방에 가 그곳에서 자고 있던 한 아기의 귀를 가위로 자를 뻔한 일이 있었다. 그 일로 어린이집에 불려간 나는 한참을 교사들에게 둘러싸여 있어야만 했다.

자주 혼자서만 교실 구석에 가 있거나, 급식도 잘 먹으려고 하지 않고, 다른 애들을 물거나 머리카락을 잡아당기는 일도 많다는 이야기를 들었다. 내 딸이 자고 있는 아기를 죽이려 할 만큼 피에 굶주린 이상한 아이라고 단정하려는 듯 보였다. 적어도 내게는 그렇게 들렸다. 피투성이가 된 아기의 모습을, 딸을 볼 때마다 떠오르지 않을 수 없다는 듯이. 딸의 손과 얼굴이 새빨갛게 물들어 있다는 듯이.

말이나 되는 소리냐고, 우연히 가위를 쥐고 있다는 걸 잊은 채 아기 얼굴을 보러 간 거 아니냐고, 아이 얼굴 가까이 다가가려 할 때 마침 손에 가위가 있었던 거 아니냐고, 어린이집 사무실 안에서 나조차 귀를 막아버리고 싶을 정도로 언성을 높여 소리를 고래고래 지르며 붙잡고 있던 의자를 바닥에 힘껏 집어던지기도 했지만, 결국 고개 숙인 정중한 사과의 말과 함께 몇 번이나 딸 좀 잘 부탁한다고 울며 부탁하는 것으로 마무리가 되었다.

아빠라는 존재를 엄마가 지워버린 후부터 아이는 확실히 조금씩 변해가고 있었다. 하지만 즐겁다는 감각에 한층 예민해진 정도의 변화라고 여겼다. 아이는 기쁨에 이전보다 크게 반응하며 사소한 데에서도 기쁨을 발견해내고는 탐욕스럽게 기쁨의 맛을 보려 했다. 그 변화가 겉으로는 가위를 들고 아이를 자르려 한다거나 피바다를 만들려는 것처럼 보인다면 그 또한 받아들이지 않으면 안 된다. 나는 아이가 가진 기쁨 안테나의 성능을 둔감하게

만들어주고 싶었다. 아직 미비한 곳이 많기 때문에 우는 일도 많
은 거라고. 밤마다 피곤에 절어 깊은 잠에 빠질 정도로 자신이 수
신한 기쁨에 압도당하고 마는 거라고.

아이에게 잡지를 사준 것도, 아주 사소한 것일지라도 소소한 즐
거움을 느끼게 할 수 있을 거라고 생각해서다. 그 느낌을 놓쳐서
는 안 된다. 지금껏 잡지는커녕 제대로 된 장난감 한번 사준 적이
없었다. 장난감은 예전에 아이 아빠가 과할 정도로 잔뜩 사다 주
었다. 그게 아빠의 역할이라고 생각했던 것이다.

잡지가 들어있는 쇼핑백을 들고 카페에 들러 아이는 주스를, 나
는 커피를 마시고 집으로 향했다. 집에 가려면 육교와 횡단보도
를 건너야 했다. 육교 난간을 붙잡고 아이는 그 아래를 통과하는
전철을 내려다보았다. 나는 아이 뒤에서 우산을 받쳐주고 육교를
건너는 사람들의 발을 바라보았다. 물이 고인 곳을 모두 잘 피해
지나가고 있었지만 어린아이의 빨강 레인부츠 하나가 물웅덩이
한가운데로 뛰어들더니 물장구를 치는 바람에 내 발까지 젖고 말
았다. 아이를 나무라는 엄마 목소리가 들렸다.

살짝 우산을 젖혀 아이 엄마 얼굴을 봤다. 물을 튀긴 건 내 딸보
다 한 살 어린 가와우치의 딸이었다. 아이 엄마는 어린이집에서
가끔 얼굴을 대하는 가와우치의 아내다. 쇼핑을 마치고 귀가하는
길인 듯 백화점 쇼핑백을 들고 있었다. 그녀도 나를 알아보고 웃
으며 고개를 꾸벅했다. 가와우치는 그들 뒤에서 곤혹스러운 표정

으로 나를 노려보고 있었다. 가와우치 아내의 웃는 얼굴은 무시한 채 나도 비웃는 표정으로 가와우치를 노려보았다. 가와우치의 얼굴색이 재미있을 정도로 변해가는 것이 보였다. 얼굴이 실룩거리고 있었다. 그의 아내는 나와 자기 남편 얼굴을 번갈아 가며 쳐다보았다. 가와우치는 얼른 시선을 피하더니 자기 딸의 손을 잡고 내 앞을 서둘러 지나갔다. 그의 아내가 나를 뒤돌아보았다. 그 얼굴에는 나를 향한 증오가 또렷하게 서려 있었다.

가와우치는 내 집에서 딱 한 번 잔 일이 있었고, 그건 내가 부탁한 일이기도 했다. 그가 나를 미워할 이유는 없었다. 서로 자연스럽게 잊으면 되는 그런 정도의 성욕일 뿐이다. 내 손으로 옷을 벗고 그에게 달려들었다. 그는 희미하게 웃으며 내 위에 올라타거나 나를 자기 몸에 올려 태워 허리를 움직였다. 아침에 눈을 떴을 때 그는 이미 없었다.

그날 이후 가와우치가 내 집에 온 일은 한 번도 없다. 그는 어린이집 학부모회 회장을 맡고 있어 일주일에 한 번 정도는 어린이집에서 마주치고는 했지만, 내 얼굴을 보고도 가와우치는 예전과 다름없는 표정으로 친절하게 말을 걸어왔다. 다음번 학부모회의 때는 꼭 참석해 달라면서.

오늘도 그렇게 아무렇지 않은 척해주면 좋았을 텐데. 육교를 빠른 발걸음으로 건너 사라져가는 가와우치의 뒷모습을 보며 어쩐지 어깨의 짐을 내려놓은 듯한 안도하는 기분이 되었다. 이것으로 된 거라는 생각이 들었다. 가와우치는 처음으로, 나로 인해 자기 안에 잠자고 있던 증오라는 감정에 눈을 뜬 것이다. 나를 미워하며, 단 하룻밤이라 할지라도 나와 얽히고 만 자신의 어리석음을 내내 자책할 것이다.

유혹을 한 쪽과 유혹을 당한 쪽, 누구 죄가 더 큰지는 알 수 없으나 그 사이에는 커다란 차이가 있다는 생각이 들었다. 적어도 가와우치가 나를 동정하며 웃음을 보이는 신호를 나는 놓치지 않았다. 그가 동정해야 할 쪽은 이제 자기 자신이다.

나와 딸은 일부러 물장구를 치려고 높이 뛰며 집 쪽으로 달려갔다. 아이 머리카락에까지 흙탕물이 튀었다. 아이와 나는 입을 크게 벌리고 웃으며 더러운 물이 고인 차도와 인도 사이의 틈을 달리고 또 달렸다. 앞질러가던 내가 아이 앞으로 뛰어들어 성대한 물방울을 만들었다. 진흙 덩어리를 뒤집어쓴 아이는 물 웅덩이 속에 서서 까르르 웃었다. 우산을 접고 흠뻑 젖은 아이를 안아 올렸다. 그리고 빗 속을 천천히 달리기 시작했다.

다시 회사와 어린이집을 오가는 일주일이 밝았다.

그 즈음 내가 가장 두려워하는 상황은 늦잠이었다. 눈을 떠보니 이미 시곗바늘이 10시를 넘어가고 있는 일이 자주 있었다. 회사와 어린이집으로부터 몇 번이나 충고를 들었다. 늦잠을 자고 싶어 늦잠을 잔 게 아니라는 변명을 담아 나를 꾸짖는 상대를 곱지 않은 눈초리로 바라보다가 더 이상 늦잠을 자지 않으면 무슨 일이

든 용서받을 거라는 생각이 문득 들었다. 아이의 이상행동을 지적당하는 일도, 남편 후지노로부터 어떻게 이혼 도장을 받아야 할지 고민하는 것도 잊은 채, 나의 늦잠에만 온통 신경을 쓰게 되었다. 늦잠 때문에 후지노가 나를 비난하고, 어린이집에서 딸이 이상한 행동을 일삼는 거라는 생각이 들 지경이었다. 아무도 나를 믿음직한 엄마로 봐주지 않았다.

아침 일찍 일어난 날엔 온종일 의욕적으로 보낼 수 있었다. 그러다 늦잠을 자 지각을 하는 날엔 내가 듣지 않으면 안 될 말을 딸에게 대신 쏟아내며 울상이 되어 뛰어가고는 했다.

퇴근 후 전차의 승객이 한 명 한 명 줄어가는 그날도 내가 늦잠을 잔 날이었다. 열한 시가 다 된 시간에 사무실로 들어가니 상사인 스즈이가 나를 보며 혀를 차고 있었다. 한 소리 들을 것 같아 몸이 움츠러들었지만 다행히 그대로 자기 자리로 돌아갔다.

'누군가 뛰어내렸어'라는 어느 승객의 목소리를 들었을 때 나는 아침에 지각한 일을 떠올리고 있었다. 아침부터 늦잠을 자니까 결국 이런 일까지 생기는 거라며 스스로를 저주했다. 전차는 정차할 플랫폼에서 세 량 정도 떨어진 지점에 급정차했다. 차 안은 무섭도록 조용했다.

뒤칸 승객들이 앞칸으로 이동하기 시작했다. 나도 그 뒤를 따라 움직였다. 한 승객이 수동으로 문을 열자 누군가는 시간을 불평하고 누군가는 구경하려고 차례로 하차했다. 나도 서두르지 않으면 안 되는 사람이었다. 딸을 데리러 가지 않으면 안 되는 시간이 다가오고 있었으니까. 하지만 하나만 열린 문 쪽으로 점점 모여드는 사람들 무리로 가까이 다가가 아무것도 보이지 않는 지점에 멈춰섰다. 아무 상관 없는 사람인 듯한 표정으로, 달리는 전철에 몸을 던진 사람으로부터 멀어져선 안 될 것만 같은 기분이 들었다.

어떤 괴로움과 어떤 탄식을 안고서 그 사람은 여기까지 온 걸까? 이 플랫폼에 서서 무엇을 응시하며 얼마나 시간을 보낸 걸까? 누구에게도 들키지 않고 그 사람은 홀로 그곳에 서 있었다. 그리고 방금, 그 사람은 달려오는 전차로 뛰어들어 몸이 깔렸고 피를 철철 흘리는 광경을 많은 사람이 구경하고 있다. 전차에 깔리는 순간 얼마나 고통스러웠을까? 그 아픔의 정도를 알고 싶었다. 너무도 간절히 알고 싶었다.

은색 작업복을 입은 소방단원이 선로로 내려오고 회수한 그 사람의 몸을 들것에 실었다. 한기를 느낀 나는 몸을 떨며 사람들이 모여 있는 쪽으로 조금씩 가까이 다가갔다. 공포로 뒤도 돌아보지 않고 도망치고 싶었다. 하지만 그 사람이 나를 바라보고 있다는 느낌이 들었다. 그 사람에게 응답하기 위해서 한 발 한 발 앞으로 나아갔다.

무리의 맨 앞줄이 되었다. 들것은 이미 옮겨진 뒤였다. 빨간 피가 선로 사이로 흐르고 있었다. 구역질을 간신히 참아가며 몸을 굽혀 현장을 보았다. 5미터 정도 떨어진 곳에 굽이 높은 노란색 샌들이 한 짝 떨어져 있었다.

그때 전차가 움직이기 시작했다. 나는 후들거리는 다리로 뒤도 돌아보지 않고 그곳을 도망쳤다. '대체 당신은 누군가요?'라고 생각하며.

다시 일주일이 지나 토요일 오후가 가까워지고 있다.

어린이집에서 아이를 데리고 나와 집까지 걸어가는 동안 고양이를 쫓아가기도 하고, 공사하는 곳을 구경했다. 빵 가게 앞에 있는 오락기로 게임도 하며 산책하는 기분으로 돌아오는 길이었다. 오래된 집과 아파트 사이에 조용한 경사로가 하나 있다. 길섶에 동그랗고 붉은 것이 몇 개 보였다. 선명한 빨강이었다. 그걸 보며 길을 걸었다. 그건 빨갛게 익어 나무에서 떨어진 이나무 열매였다. 얼굴을 들어 하늘을 보니 포도송이처럼 방울방울 매달린 빨간 이나무 열매가 파란 하늘에서 쏟아지는 빛을 받아 반짝이고 있었다. 아이는 길가에 쌓인 이나무의 커다란 잎을 주워 공중으로 뿌렸다. 마른 잎은 공중에 떠오르기도 전에 금세 땅으로 다시 떨어졌다. 이번에는 내가 그 잎을 다시 주워 허공에 대고 던졌다. 깊고, 눈부시게 파란 하늘이었다.

9. 몸

통지받은 시간보다 10분쯤 이르게 그곳에 도착했다. 좌우로 길게 마련된 대기실로 들어가 빈 의자에 앉았다. 구석 자리에 무릎 위에 놓인 검은색 서류가방을 열고서 서로 서류를 검토하고 있는 초로의 남자 두 명이 있었고, 나와 등진 자리에는 두 살 정도 되는 여자아이를 안고 있는 젊은 남자와 만삭의 배를 한 젊은 여자가 앉아 있었다. 저마다 소곤거리는 목소리 이외에는 아무것도 들리지 않았다.

단 한 번도 상상조차 해본 적 없는 장소에 와 있었다. 꿈속의 한 장면 같은 광경을 바라보며 눈에 비치는 모든 것들을 하나하나 정확히 기억하려 했다. 금방이라도 형태를 바꾸거나 황망하게 사라져버릴 것들. 그러니 더더욱, 곁에서 보이는 것만으로는 떠올릴 수 없는 대단한 무언가가 숨겨져 있음에 틀림없었다. 대기실 앞 복도를 지나가는 발걸음 소리를 들을 때마다 나는 숨을 멈추고 고개를 들었다. 아직 후지노는 모습을 보이지 않고 있었다. 나는 다시 대기실 안에 있는 사람들 쪽으로 눈을 돌렸다.

후지노가 진짜로 이곳에 나타난다면 나는 대체 어떤 얼굴을 하고 어떤 말을 해야 하는 걸까? 나는 그 순간을 어렴풋이 떠올려보았다. 일부러 여기까지 와주서서 고맙다며, 머리를 필요 이상 깊게 숙인 모습을 보여줘야 할까? 와줘서 다행이라고, 혹시 안 올까 봐 걱정했다고 웃는 얼굴로 그를 맞이해야 할까? 과연 그게가

능할까?

여자아이를 안고 있던 남자의 목소리가 귀에 들어왔다.

"아이는 대개 엄마가 키울 수 있다고 하니 너무 걱정하지는 마."

아이가 보채는 소리도 중간중간 들려왔다. 뭐라고 하는지는 알아듣기 어려웠다. 여자 목소리가 이어졌다.

"하지만 결국 당신에게 달린 거잖아. 이 아이도 배 속의 아이도 내겐 같은 자식이니까."

"나도 알고 있어 그 정도는. 어차피 지금까지도 이 아이는 내가 키워온 거나 마찬가지잖아."

"그래서 걱정이라는 소리야. 남자에게 자기 자식은 무조건 소중한 존재 아니야?"

"그러니까, 이 애도 내 자식이라고……."

약 두 달 전, 나는 이곳에 신청서를 제출했다. 하지만 내가 신청서를 제출했었다는 사실을 통지서를 받기 전까지 까맣게 잊고 있었다. 어째서 이런 서류가 내게 온 건지 의아했다. '조정'이라는 두 글자를 사무실의 스즈이씨에게 듣고 그가 권하는 대로, 아니 실은 내가 자처해 내 두 발로 이곳까지 왔음에도, 통지서를 받아 들고 고개를 갸웃거렸던 것이다.

대기실에 있던 두 남자가 나가고, 같은 창구의 중년 여자가 고개를 내밀고 내게 말을 걸었다.

"이거 곤란하게 되었네요. 아직도 안 온 거죠? 이거 어째야 할지……. 혹시 연락해볼 방법은 없나요? 이쪽에도 아직까지 아무런 연락이 없어서 말이죠."

"죄송합니다……. 저도 따로 연락을 받지 못했습니다."

그렇게 고개를 숙인 채, 지금이라도 후지노가 복도로 걸어와 내 모습을 발견해주지 않을까 싶어 양손을 꼭 쥐었다.

"그럼 일단 조정실로 먼저 들어와 주세요. 그러다 보면 후지노 씨도 오시겠지요."

"네."

후지노와 준비되지 않는 장소에서 마주치는 것이 두려워 서둘러 그 여자를 따라 조정실 쪽으로 이동했다. 복도 좌측에 번호가 붙은 문이 줄지어 있었고, 우측에는 대기실이 있었다. 같은 대기실에서 서로 얽혀 얼굴을 붉히는 일이 없도록 대기실도 그만큼 많이 필요해 보였다.

여자가 열어준 문 안으로 들어갔다. 좁은 방에 어울리지 않을 정도로 과한 유리창을 통해 빛이 가득 쏟아지고 있었다. 커다란 책상 반대편에는 이미 누군가가 앉아 있었다. 나를 부른 중년의 그 여자도 책상 쪽으로 다가가더니 내게도 편히 앉으라는 말을 건네고는 회전의자에 앉았다. 나는 건너편에 앉아 있던 남자에게 붙임성 있게 인사를 하고 책상 앞에 흩어져 있는 의자 하나를 골라 앉았다.

"그분은 아직인가요?"

남자가 말했다.

"예, 아직입니다."

"벌써 5분이나 지났는데 이거 참 곤란하군요. 시간도 지키지 않다니."

"죄송합니다. 많이 바쁘실 텐데."

중년 여인의 말에 나도 웅얼거리는 목소리로 사과를 했다. 그때 남자가 내게 말을 걸어왔다.

"상대측이 오지 않는 한 시작할 수가 없으니 조금 더 기다려 봅시다. 30분은 기다려도 됩니다."

"잘 알겠습니다. 다시 한번 죄송합니다."

"하지만 30분이 지나도 오지 않으면 곤란해집니다. 다음 사람도 있어서요."

"그러니까 이분이 그 건이지요?"

둘은 서로 시선을 교환하지도 않고 끊길 듯 말 듯한 대화를 이어나갔다. 10분 정도 흐르자 여자가 후지노가 왔는지 확인하러 나갔다가 혼자 돌아왔다.

"안 되겠네요."

"어찌 된 일일까요? 연락 정도는 해줘도 좋을 텐데 말이죠."

"오늘은 아무래도 안 올 것 같군요. 사전에 미리 참석할지 안 할지 알려주면 이렇게 시간을 허비할 일도 없었을 건데 말이죠. 이거 참 성가시게 됐어요."

나는 다시 두 사람에게 고개를 숙였다. 후지노는 나타나지 않았구나, 역시. 처음부터 이런 곳에 그가 올 리 없다는 기대 비슷한 느낌이 내게는 있었다. 나타날 리 없는 후지노가 만약 나타난다면, 그런 상황을 떠올리다보면 너무 무서운 나머지 숨이 잘 쉬어지지 않았다. 후지노는 오지 않기로 한 것이다. 눈앞에 있는 두 사람과는 달리 그런 확신이 들자 갑자기 긴장이 풀리면서 내 몸이 부드러워진 기분이 들었다.

"여기서 계속 기다리는 것도 좀 그러니 괜찮다면 대기실에서 기다려 주세요. 다시 부르도록 하겠습니다."

나는 재빨리 밖으로 나왔다. 단정치 못하게 발을 앞으로 쭉 뻗은 모습으로 의자에 앉아 담배를 피우기 시작했다. 5분이 흐르고 10분이 흘러도 후지노는 나타나지 않았다. 1초라도 빨리 이곳을 벗어나고 싶었다.

다시 조정실로 불려갔다.

"유감스럽게도 오늘은 조정이 어렵겠습니다. 한 번 더 신청하시겠습니까?"

주저하지 않고 대답했다. 한 번이라도 후지노를 이곳에 불러야겠다고 생각한 이상 다시 시도해볼 수밖에 없었다. 그게 내 바람이건 아니건.

"그렇군요. 그렇다면 철저히 준비해야 합니다. 조정 기일에 응하지 않는 사람도 상당하니까요. 1년, 2년, 이렇게 시간이 한참 지나서야 겨우 정리되는 경우도 있어요. 그럼 다음번 조정일은 언제쯤으로 할까요?"

두 사람과 다음번 날짜를 맞추고, 수첩에 메모를 남긴 다음 그 방을 나왔다. 5미터 정도 천천히 걸은 후, 그다음부터는 달리기 시작했다. 달리지 않으면 안 될 것만 같은 기분이었다. 그날 처음으로 다리가 떨려오기 시작했다.

후지노의 연락을 기다렸다. 조정일에 나타나지 않은 후지노는 반드시 나를 어딘가로 불러내고 싶을 것이다. 나는 그렇게 확신하고 있었다.

크리스마스도 지나고 연말연시가 가까워지고 있었다. 딸은 어린이집에서 산타 할아버지가 자기 머리를 쓰다듬어 준 일을 흐뭇하게 떠올리며 설날을 손꼽아 기다렸다. 그리고 후지노를 '옛날 아빠'라고 부르기 시작했다. 아빠라는 단어에 내가 보이는 불편한 기색 때문에 아이가 꾀를 낸 것이었다. '옛날 아빠'라는 말을 찾아낸 아이는 어떤 기억에 대해 내게 조금씩 이야기를 꺼내놓았다. 나는 그 말을 건성건성 흘려들었다. 아이는 마치 잘 모르는 사람의 이야기를 하듯 제 아빠 이야기를 했다. 아빠와 유원지에 갔던 기억을 요즘 일처럼 말한다거나, 엄마도 데려가 달라고 하면 옛날 아빠가 그렇게 해줄 거라며 열심히 설명했다.

근무 중 후지노에게 연락이 왔다. 다음 날 카페에서 만나자는 약속을 했다. 조정에 관한 이야기는 꺼내지 않았다.

다음날은 아이가 어린이집에 가는 마지막 날이기도 했다. 아이를 어린이집에 데려다주고 바로 미용실로 가 머리를 감고 드라이를 했다. 다시 집으로 돌아와 화장을 한 다음, 뭘 입을지 고민하다 후지노와 헤어진 후 샀던 옷으로 갈아입었다. 외출 준비가 거의 끝나고 엄마에게 전화를 걸었다. 내일 밤부터 설 연휴기간 동안 아이를 맡아달라고 부탁하기 위해서. 설 연휴니까 당연히 할머니랑 보내야 한다며, 그렇게 하겠다는 답변이 돌아왔다.

1년 전 설 연휴 때는 1월 2일부터 2박 3일 동안 엄마 집에서 보냈다. 후지노를 따라 집을 나간 후 처음 있는 일이었다. 그날 밤, 후지노와의 별거와 그로 인해 이사하게 되었다는 사실을 알렸다. 아이를 재우고 엄마에게도 위스키를 한 잔 권했다. 엄마가 만든 나마스(주: 해산물과 야채를 식초에 버무린 일본 설날 음식)를 집어 먹으며 주저주저 입을 열었다. 설 연휴 동안에 후지노가 내게 당부한 말이었다.

"다시는 안 올 줄 알았는데, 오긴 왔네."

딸을 데리고 집으로 돌아온 내게 후지노가 건넨 환영 인사였다. 그로부터 한 달 후 후지노가 집을 나가고 나와 딸이 새집으로 옮기기 전까지 엄마와 만나지도, 전화를 하지도 않았다.

후지노와 만나기로 한 카페를 찾느라 조금 헤매는 바람에 약속 시간보다 조금 늦게 도착했다. 그는 창가 자리에 있었다. 나를 보자 웃는 얼굴로 자리에서 일어나 나를 맞이했다. 그의 얼굴은 홍

조를 띠고 있었다. 나도 허둥지둥 미소를 띠고 후지노에게 다가갔다.

예상했던 것처럼 그는 내가 조정 신청을 한 일에 대한 이야기를 꺼내며 웃음을 터뜨렸다. 그런 건 다투지 않으면 안 될 정도로 재산이 많은 사람들이나 하는 짓이라며, 무일푼의 자기와는 상관없는 일이고 미안하지만 양육비를 줄 형편도 안 된다는 것쯤 이미 알고 있지 않냐고 했다.

나는 고개를 끄덕이며, 하지만 나중을 위해서라도 서로 납득할 수 있는 형태로 깔끔하게 이혼을 마무리하고 싶었다는 의중을 전했다. 물론 서로 대화를 통해 정리할 수 있다면 그게 가장 좋은 방법일 테지만 아무래도 이야기를 하다 보면 감정이 격해지다 보니 제3자와 함께하지 않으면 언제까지고 이런 상황이 계속될 것 같았고, 무엇보다 서류상으로도 제대로 마무리해 두는 것이 낫다고 생각해 조정을 신청한 것이라고 변명을 늘어놓았다. 이런 말을 하는 동안 카페 내부를 둘러보았다. 동시에 후지노가 요사이 어떻게 사는지도 파악하고 싶었다. 카페 의자는 진한 붉은색의 인조가죽으로 된 것이었고 벽에는 묘하게 밝은 녹색의 덩굴무늬가 그려져 있었다.

후지노가 불러내 카페에서 만나는 건 이미 몇 번이나 반복해온 일이었다. 집에서 가까운 카페나 회사 근처의 카페에서였다. 새벽에 아직 잠이 덜 깬 딸과 함께 간 적도 있었다. 그러나 대화의

끝은 언제나 마찬가지였다. 이번에야말로 각자 잘못이 있었음을
인정하고 상대방의 기분을 조금이라도 이해하려 애쓰며 원만하
게 해결하고 싶다는 말로 시작을 했다. 그러다가 상대가 던진 무
심한 말에 금세 감정이 격해져 일단 대화가 막혀버리면 그다음은
그저 자신을 지키기 위해 애를 쓰는 것이 고작이었다. '너 변했구
나, 지금껏 내가 알고 있던 그녀는 어디로 간 거지?'라며 후지노는
탄식하고 비난하다가 결국엔 입을 꾹 다물곤 했다.

그날도 내 입에서 나온 '정식 서류'라는 말에 후지노는 그렇게
자길 못 믿겠냐며 감정적으로 나오는 바람에 대화가 언제나와 같
은 방향으로 갈 것 같았다.

"너야말로 믿을 수 없는 사람 아니었니? 만일 내가 조정 자리에
서 엄마 자격에 대한 이야기를 꺼내면 어쩔 거야? 내 학생이었던
스기야마 같은 남자까지 집으로 끌어들인 걸 말하는 순간 모두 널
어떻게 생각할까? 양육권이나 친권은 꿈도 못 꾸게 될 거야."

어째서 후지노는 스기야마의 일까지 알고 있는 걸까? 떨리는 목
소리로 말했다.

"제대로 된 대화 끝에 그렇게 정해진다면 별수 없지."

"내게 아이를 빼앗길까 온통 그 생각뿐이면서 센 척하기는."

"그래, 당신 말이 맞아. 하지만 당신도 마찬가지 아니야? 만약
아이를 당신이 키우게 된다면 어떻게 키울 건지, 내게 말해주지
않으면 안 되는 거야."

148

"너는 내게 아무 말도 안 하잖아?"

후지노도 나도 일굴색이 어두워지기 시작했다.

"이 이상 어떤 말을 해야 한다고 생각하는 거야? 내가 어떻게 사는지 당신은 고스란히 알고 있으면서. 변한 건 아무것도 없어. 아침에 일어난 시간도, 아이를 어린이집에 데려다주는 시간도. 변한 거라곤⋯⋯."

나는 입을 다물었다.

"바로 너겠지."

나는 고개를 절레절레 흔들었다.

"아무튼 내가 아이를 키울 수 없는 건 사실이니 그건 됐고, 양육비는커녕 네게서 빌린 돈도 아직 갚지 못하는 상황에서 그걸 약점 삼으려는 네 태도에 질렸어. 나도 가능하면 아이를 데려오고 싶다고. 아무것도 할 수 없는 나 자신이 한심해 견디기 힘든데, 내 그런 기분을 알기나 해? 그러니까 하다못해 함께⋯⋯."

후지노의 얼굴이 일그러지더니 울먹이기 시작했다. 이러다가는 언제나와 같은 상황에 빠지고 만다. 기운이 빠지는 걸 느끼며 눈을 딱 감고 입을 열었다.

"나도 지난 크리스마스 때 당신과 셋이서 보낼 수 있다면 얼마나 좋을까 생각을 했어. 그 생각뿐이었다고."

"흐응⋯⋯. 가까이 다가가지도 못하게 하면서 이제 와서 그런 소린 집어치우지 그래?"

그 순간의 후지노는 나를 증오하고 있었다.

크리스마스를 위해 창고에서 트리를 꺼내 아이와 함께 장식하던 모습을 떠올렸다. 전구를 달아 불을 켰을 때 색색으로 빛나는 트리의 자태에 마음을 빼앗겨 한참이나 그 앞을 떠나려 하지 않던 아이. 그리고 그 모습을 조금 떨어져 바라보는 나. 아이에게 있어 그날은 셀 수 없을 정도의 기쁨이 자기를 초대하려는 듯 화려하게 빛나는, 그 무엇보다 아름다운 존재의 현현이었다. 그 트리는 아이 한 살 때 후지노가 가까운 마트에서 사온 싸구려 크리스마스 트리였다. 지금 우리에겐 이 정도면 된다고, 어차피 만지작거리다 보면 망가질 거라고 후지노는 설명하며 꽤 비쌌다는 말도 덧붙였다.

아무리 그래도 너무 싼 걸로 집어온 거 아니냐며, 나는 그를 놀리듯 말했었다.

"정말이야. 정말 그렇게 생각했어……. 나는 그저 당신과 하루라도 빨리. 일요일에는 일요일의 즐거움을 함께 나누고 싶을 뿐이야. 정말로 그뿐이야, 내가 바라는 거라고는……. 어째서 그게 그렇게 어려운 일이 된 건지 정말 모르겠어. 잘은 모르겠지만 당신 눈에는 아이만 보이는 것 같았어. 나는 거기에 없었어. 그게 참 힘들더라. 아이를 만나게 하고 싶지 않아. 아니, 만나게 하는 일이 두려워……. 아무 생각 없이 그저 그 자리에서 웃을 수만 있으면 그걸로 좋다고 생각해. 뭘 받을 건지, 앞으로 어떻게 할 건지, 그런 건 고민하고 싶지도 않아. 당신이 뭘 하는 사람이든 어떤 사람이든 몰라도 상관없어. 만났을 때 즐겁게 보낼 수만 있다면 그걸로 충분해. 이제껏 당신에게 내가 뭘 부탁한 적 한 번도 없잖아? 아무것도 필요 없어서야. 거짓말이 아냐. 하지만 당신은 나를 보면서도 아이 생각만 해. 모르겠어? 그런 게 난 싫다고. 그러니까 아이와 만나는 날이라도 제대로 정해주길 바라. 아이와 절대 만나지 못하게 하겠다는 말이 아냐…….”

그렇게 말한 나는 입을 다물고 고개를 숙였다. 무릎에 모으고 있던 손은 전기 충격이라도 당한 듯 심하게 떨리고 있었다. 후지노가 무언가를 말하는 듯했지만 그의 목소리가 내 귀에 들려오지 않았다. 그가 이전에 있었던 일 같은 건 모두 잊어준다면 좋을 텐데, 그것뿐인데, 어려울 일도 아닌데, 내내 그 생각만이 맴돌았다. 후지노와 따로 살기 시작한 후 나로서는 이전의 남편과 지금의 후지노를 연결해 떠올릴 수 없게 되었다. 나의 가장 큰 변화였다.

마침내 후지노는 자리에서 일어나 카페를 나갔다. 그 후로도 나는 한참을 그 자리에 앉아 있었다.

일주일 전 딸과 둘이서만 보냈던 크리스마스 이브를 떠올렸다. 하원 시간이 되어 아이를 데리러 갔다가 그 길로 역으로 가 전철로 세 정거장 거리에 있는 백화점에 갔다. 영업시간은 이미 끝난 뒤라서 엘리베이터를 타고 12층에 있는 식당가에 갔다. 크리스마스 이브라 어느 식당도 손님이 바글바글했다. 하지만 그 웅성거림이 좋았다. 그 무리 중 한 사람이라는 기분을 느끼고 싶었다. 이 도시에 존재하는 사람이 딸과 나 두 사람뿐일 리 없었다.

같은 층에 있는 오락실로 이동해 동전을 몇 개나 쓰며 아이와 게임을 하고, 중식당으로 들어갔다. 이미 만석이라는 말에 다른 손님 자리에 동석했다. 아이는 쉰 정도의 화려한 귀걸이와 반지를 착용한 두 여자 손님의 얼굴을 보자 갑자기 흥이 사라진 듯했다.

"오늘 우리 맛있는 거 많이 먹자. 뭐 먹고 싶어?"

일부러 밝은 목소리로 아이에게 말을 걸었지만 작은 목소리로 아무거나 좋다는 시큰둥한 대답이 돌아올 뿐이었다. 즐거움을 과장해 아이를 달래는 일이 귀찮아진 나머지 붐비는 식당 안의 모습만 멍하니 바라보며 계속 맥주를 마셨다.

딸은 기껏 주문한 음식을 잘 먹지도 않은 채 얼른 집에 가자며, 일부러 여기까지 왔으니 조금이라도 더 오래 있고 싶었던 나를 재촉하기 시작했다.

"조금만 더 먹고 가자. 맛있지 않아?"

"맛없어. 집에 가고 싶어요."

"집에 가도 먹을 거 없어. 지금 먹어두지 않으면 나중에 배고플 거야."

"배부르니까 빨리 집에 가요. 이런 데 싫어."

"엄마는 좋은데?"

잔뜩 신경질이 난 아이는 아직 음식이 남은 접시를 바닥에 던졌다. 접시는 굉장한 소리를 내며 와장창 깨지고 말았다.

"내체 무슨 짓이야, 이게!"

그렇게 혼내자 아이는 가게가 떠나갈 듯 울기 시작했다.

"집에 가자고! 집에 가자고!"

아이를 안고 빨리 식당을 빠져나가지 않으면 안 될 것 같았다. 가게를 나와 엘리베이터 앞에 도착하자마자 아이는 웃으며 그 주변을 혼자서 자유롭게 쏘다니기 시작했다. 그런 아이에게 너무 화가 치밀어 올랐다. 내게서 도망치려는 아이의 몸을 꽉 붙들고 한껏 노려보았다. 그럼에도 그 집으로 돌아가고 싶어하는 사람은 이 세상에 딸과 나, 둘뿐이라는 생각이 들었다.

전철에서 내려 역사를 나와 걷기 시작하자 아이는 이제 화장실에 가고 싶다고 했다.

"조금만 더 가면 집이니까 참아. 그렇다고 길에서 쌀 수는 없잖아."

나는 아이 손을 거칠게 끌고 서둘러 집 쪽으로 걸음을 옮겼다. 그러자 아이는 다시 울기 시작했다.

"벌써 싸버렸어요."

그대로 가면 기분이 안 좋다며 움직이려고도 하지 않을 게 뻔해서 별수 없이 골목 뒤로 들어가 아이 옷을 내려 엉덩이를 닦아 주고, 가방에 있던 새 속옷으로 갈아입혔다. 한숨을 쉬며 몸을 일으키자 집 근처에서 서성이는 남자의 그림자가 눈에 들어왔다. 나와 딸이 쳐다보는 동안 그림자가 주저앉더니 우는 것 같기도 하고, 신음 같기도 한 목소리가 골목 안에 울려퍼지고 있었다.

"우나 봐요, 저 사람……."

아이가 내 손을 잡은 채 속삭였다.

"괴로운가 봐, 괴로워서 어떻게 해야 할지 모르는 거야……."

아이에게 나도 그렇게 속삭였다.

"그럼 엄마가 낫게 해주면 안 돼요?"

아이는 그림자에게 눈을 떼지 않고 그렇게 말했다.

나는 아이 얼굴을 바라보고 아랫입술을 물었다. 그리고는 손에 들고 있던 아이 속옷을 비닐에 담고 그 그림자에게 다가갔다. 사람 입김 냄새에 더러워진 아이 속옷 냄새가 섞인 것이 풍겨왔다. 가벼운 현기증이 일었다. 그림자 쪽으로 몸을 웅크렸다.

낮은 목소리로 신음하는 그 사람의 등을 쓰다듬었다. 그 사람은 단지 술에 취해 있었다. 아주 크고 뜨거운 등이었다. 묵직한 육체의 소유자였다. 귀가 불에 타고 있는 듯 빨갰다. 딸도 손을 뻗었다. 두 사람의 손 네 개가 그 등을 쓰다듬었다. 어디서 온 자일까? 코트도 스웨터도 입지 않고 있었다. 열심히 모르는 사람의 등을 쓰다듬는 동안 어느새 나는 기적을 바라는 기도하는 심정이 되었다. 꽤 오래 등을 쓰다듬었다고 생각했지만 어쩌면 아주 짧은 시간이었는지도 모른다.

등을 쓰다듬는 일에 열중하고 있던 우리와는 달리, 돌연 등이 움직이더니 몸이 길어졌다. 남자가 몸을 일으킨 것이다. 나와 아이는 놀라 입을 벌린 채 그 모습을 바라보았다. 결국 우리에게는 얼굴조차 보이지 않고 괴로운 듯 어깨를 움츠린 채 비틀비틀 역쪽으로 사라져갔다.

"저 사람 다 나은 거예요. 아픈 거 나았나 봐요."

딸이 만족스러운 표정으로 말했다. 아이를 안아 올려 깊게 숨을 들이쉬었다. 냄새가 아직 코끝에 맴돌고 있었다.

"그러게, 다행이네……."

딸과 손을 잡고서 걷기 시작했다. 딸의 손도 내 손도 지금까지의 마찰 덕분에 후끈 뜨거워져 있었다.

밤하늘에 별이 총총 빛나고 있는 걸 발견하고는 딸에게 말했다.

"별님이 오셨네."

추운 날일수록 별이 더 잘 보인다는 말을 들었던 것이 기억이 났다.

설날이 지나 다시 조정실 의자에 앉았다. 전과 같은 얼굴이 내 앞에 있었다. 창밖에 비치는 고층빌딩을 바라보는 동안 10분, 15분, 시간이 흘렀다. 그날도 하늘은 더없이 파랗고 조정실 안은 숨 막힐 듯 더웠다.

10. 지표

계속 전철 안이었다. 일요일 오후, 아이는 내 곁에 없었다.

처음에는 네 번째, 다섯 번째, 전철이 역에 정차할 때마다 나무 토막을 쌓아 올리듯 숫자를 더해가다가 결국 그 나무토막을 무너 뜨렸다.

처음부터 오래 탈 생각이었다고 여기고 싶지만 역시 불편한 마음을 지우기란 어려운 일이었다. 같은 칸에 타고 있는 누군가에게 지금이라도 곧 내 부정을 들킬 것만 같았다. 내가 먼저 내리려 하지 않는 이상 전철은 언제까지고 계속 달려 나를 더 먼 곳으로 데리고 갈 것이다. 그런 당연한 일들을 생각하면서도 전혀 자리에서 일어나려 하지 않는 나 스스로가 다른 승객들과는 달리 떳떳하지 못한 사람이 된 것만 같았다. 어디론가 가고 싶다는 마음이 아니라, 조금 더, 조금만 더 버티며 어느 때보다 피곤하다는 듯이, 난방이 잘 된 좌석에 하릴없이 앉아 있는 것뿐이었다.

오른쪽에 앉아 졸고 있던 중년여성의 머리가 내 어깨에 실렸다. 머리만이 아니라 몸 전체를 내게 기대어 왔다. 한쪽 팔로 그녀의 몸을 조용히 밀기만 해도 그녀는 잠에서 깰지 모른다. 눈을 뜨지 않더라도 자세는 바꿀 테지. 하지만 나는 그녀의 무게를 계속 받치고 있었다. 내 몸까지 밀리지 않도록 버티는 건 그렇게 간단한 일이 아니었다. 내 쪽에서도 그녀 쪽으로 몸을 기대 그녀의 머리 위에 내 머리를 얹고 엄마와 자식처럼 한 몸이 되어 잠들 수 있다면 좋겠지만, 대신 왼쪽에 앉은 남자가 읽고 있는 신문에 관심을 돌렸다.

여자의 무게를 견디고 있는 나로선 조금이라도 그 불편함을 덜고 싶었다. 그녀의 체온을 동반한 몸의 무게는 나 자신의 무게이기도 했다. 그 상황을 계속 유지하는 일은 내게 달콤한 감정을 불러일으키지 않을 수 없었다.

중학생 때였는지, 고등학생 때였는지, 전철 안에서 누군가의 어깨에 기대어 잠든 일이 있었다. 고개를 꾸벅거리거나 몸을 흔들며 자는 그런 불안정한 자세가 아닌, 깊고 안락한 잠이었다. 머리가 어딘가에 부딪혀 겨우 눈을 떠보니 내가 누군가의 어깨를 베개 삼아 내내 졸고 있었다는 걸 알게 되었다. 그래서 이렇게 기분이 편안했구나 깨달으면서, 한편으로는 너무 달콤했던 숙면의 이유가 그런 단순한 거라는 사실에 낙담했다. 허둥지둥 자세를 다시 잡고 어깨를 빌려준 사람에게 진심을 다해 사과한 후 그의 얼굴을 보니 어이없게도 그는 그런 나를 재미있다는 듯 바라보고 있었다. 내가 횡설수설 사과를 하는 동안 청년은 웃으며 자리에서 일어나 전차에서 내렸다. 그의 뒷모습을 보며 내 몸의 무게를 계속 느끼고 있었을 그를 향해 호감과 부끄러움이 뒤섞인 집착 같은 것이 피어났다. 지금은 그 사람의 얼굴도 내가 몇 살이었는지도 기억나지 않지만 그때 느낀 터질 듯한 마음만큼은 지금도 기억에 생생하다.

그보다 더 어렸을 적에도 꿈속에서 그런 달콤한 맛을 느낀 적이 있다.

아직 어려 아빠의 죽음에 대한 현실감각이 없었던 시절, 꿈을 꾸었다. 비록 이 세상에서 다시는 만날 수 없다는 건 알고 있었지만 아빠가 쓰던 방이 그대로 남아 있어서인지, 함께 숨쉬고 있는 것처럼 느껴졌다. 나는 아빠가 세상을 떠난 시기와 거의 비슷하게 태어난 아이였다. 마치 아빠와 삶을 교환이라도 한 듯.

꿈속에서 나는 몇 번이나 아빠 방에 몰래 들어갔다. 한 남자가 내게 등을 보인 모습으로 앉아 있었다. 긴 시간 동안 개켜져 있는 이불 위에 앉아 있을 때도 있었고, 아무것도 없는 방 한가운데 쓸쓸히 앉아 있을 때도 있었다. 나는 주저주저 그의 등으로 다가가 체중을 실어 몸을 기댔다. 남자는 더없이 자애롭게 상반신을 기울여 그대로 인형처럼 무표정한 모습으로 바닥에 길게 드러누웠다. 가끔은 내가 기대거나 말거나 바위처럼 미동도 하지 않았다. 하지만 그러다가도 살아있는 사람에게서만 느낄 수 있는 반응을 보이는 때도 있었다. 그에게 몸을 기대면 따듯하고 부드러운 느낌이 들었다. 또 어떨 땐 작은 내 몸의 무게만큼 그의 몸이 앞으로 기울어지고는 했다. 그리고는 내 쪽으로 고개를 돌리려 했다.

그 순간, 더 이상 꿈속에 머무는 일이 견디기 힘들어 눈을 뜨고 말았다. 엄청난 공포가 내 눈에서 빛을 앗아가고 내 몸에서 힘을 앗아갔다. 남자가 살아있는 몸을 가지고 있는 것, 그건 아무리 꿈속이라 해도 결코 일어나서는 안 되는 일이었다. 살아 돌아온 망자를 만나는 건 산 자에게 허락되지 않는 행위였다. 살아 돌아온 망자에게서 온기를 느끼는 건 산 자에게 있어 가장 중요한 무언가를 잃어야 하는 일이기도 했다.

나를 둘러싼 공포와 함께 아무것도 없는 어둠 속을 빙글빙글 회전하며 추락하는 것만 같았다. 그 일은 물론 아직 어린 내게 무엇보다 무서운 꿈이었다. 하지만 그런 공포에도 불구하고 내가 맛본 감각들은 죄책감을 가지지 않을 수 없을 만큼 쾌감에 차 있던 것도 사실이었다. 결코 느껴서는 안 되는 온기, 부드러움, 번개처럼 번쩍이는 눈부신 환희를 맛보았다. 공포와 환희, 그 두 가지를 구별할 수 없었다. 그때가 네 살인가, 다섯 살 때의 일이다.

일요일에도 스기야마는 모습을 보이지 않았다. 스기야마의 일요일 방문에 이미 익숙해져 있었다. 겨우 세 번의 방문이었을 뿐이었음에도 이전에는 그의 존재 없이 딸과 일요일을 어떻게 보냈는지 기억에 없을 정도였다. 약속한 적도 없고, 다음번 일요일에도 오겠다는 다짐을 받은 적도 없었기 때문에 그를 기다릴 이유는 없었다. 일요일 아침, 연락이 오지 않으면 그도 오지 않았다. 기말시험 기간이라 졸업을 앞둔 스기야마에게 내 집에 놀러 와 시간을 보낼 여유 같은 건 없을지도 모른다. 그가 아무리 시간이 남아돈다지만, 일요일을 자기 자신을 위해 써야만 하는 때도 있을 것이다. 시간적 여유가 생기면 다시 내 딸과 놀아줄 마음이 들지도 모른다. 그가 놀러 오면 나는 마치 변덕을 부리는 남동생을 대하듯 그를 맞으면 되는 것이다.

하지만 스기야마의 나이를 생각하면, 내 집에서 보낸 일요일의 일을 영영 잊은 채, 다시는 만날 수 없을 것만 같은 불안을 떨치기 어렵다. 아직 학생 신분인 그에게 있어 앞으로 만나야 할 새로운 인연은 무수히 많을 것이다. 스물세 살임에도 아직 부모님 그늘에서 몸을 움츠린 채 술 한잔 나눌 동성 친구 하나 없는 청년이었다. 그런 스기야마이니까 일요일 내 집에 놀러 와 시간을 보낼 수 있었던 것이다.

우리 셋은 마트에서 장을 봐서 나름의 요리를 만들어 먹거나 공원에서 그림자 밟기와 술래잡기 같은 놀이도 하고, 따로 행선지를 정하지 않고 산책을 했다. 한 번은 동물원에 간 적도 있다. 하지만 우리가 가장 좋아하는 건 역시 집에서 함께 낮잠을 자는 시간이었다. 딸은 스기야마 배 위에 올라타기도 하고, 그의 머리를 무릎 위에 올려 자장가를 부르거나 자기가 아는 이야기를 들려주기도 했다. 때로는 스기야마에게 책을 읽어달라고 부탁하거나, 아무 노래나 불러달라고 조르기도 했다. 스기야마는 졸린 얼굴로 딸이 하자는 대로 했다. 나는 그 둘의 모습을 보며 꾸벅꾸벅 졸았다. 때로는 그와 내가 경쟁하듯 딸을 앞에 두고 어린 시절 즐겨 하던 놀이를 가르쳐 주려고도 했다. 구슬치기, 딱지치기, 다리 가위바위보, 도깨비 놀이……. 그것뿐이었다. 스기야마를 껴안은 적도 있지만 그건 그저 낮잠 시간에 서로 온기를 나누는 일이었다.

스기야마는 늘 낮에 왔다가 밤이 오기 전에 돌아갔다.

그 전 일요일에도 나는 종일 스기야마를 기다렸다. 딸과 함께 장을 보러 나갈 땐 현관에 메모를 붙여놓았다. 스기야마가 혹 너무 기다릴까 봐 서둘러 집으로 돌아왔지만, 그의 모습은 보이지 않았고 문에 붙인 메모도 그대로였다. 세탁기를 돌리고, 탈수가 다 된 세탁물을 옥상에 널고, 화장실에서 아이 엉덩이를 닦는 동안에도, 문을 두드리는 소리를 놓칠까 봐 귀를 쫑긋 세우고 있었다. 그렇게 내내 그를 기다리는 동안 불현듯 화가 치밀어 올라 아무 이유 없이 아이를 혼내는 바람에 아이는 그날 저녁 몰래 문을 열고 내게서 도망치려고 했다. 내게 붙잡혀 집 안으로 끌려오자 아이는 울며 벽에 머리를 찧었다. 내가 억지로 끌어안자 아이는 분노로 경련을 일으켜 새파랗게 질린 얼굴이 보랏빛으로 변하더니 이를 갈기 시작했다. 마침내 나는 스기야마의 일은 포기하고 딸을 바닥에 뉘었다. 몸을 차갑게 해 침착해지기를 기다렸다가 아이를 데리고 밖으로 나왔다.

해가 바뀐 후에도 아이는 종종 분노발작을 일으켰다. 이전보다 시시한 일에도 밝게 웃는 딸은, 밤에 울며 오줌 싸는 건 여전했지만, 식욕은 조금씩 늘어갔다. 그러나 아주 사소한 일에도 불만을 내비치며 극심한 분노에 휩싸였다. 병원에 데리고 가 약을 처방받는 한편, 예전에 후지노와 함께 살던 시절 종종 가족 단위로 함

께 어울리고는 했던 같은 어린이집에 다니는 아이 엄마에게 상담
을 받기도 했다. 그녀는 간호사 출신이었다. 그나마 다행인 건 어
린이집에서는 심한 발작을 일으키는 것 같지는 않았다. 어린이집
보육교사만이라면 그런대로 괜찮지만, 계속 이혼 조정을 요청하
고 있는 나로선 후지노에게 이 사실이 알려져서는 곤란했다. 후
지노는 두 번째 조정일에도 나타나지 않았다. 세 번째 조정일이
한 달 후로 잡혀 있었다. 그때까지는 딸에게 일어난 분노발작을
조금이라도 호전시키고 싶었다.

　조정실에서 후지노는 다른 건 몰라도 딸의 안위를 반드시 내게
물을 것이다. 그리고 나는 사무적으로 잘 지낸다는 대답밖에는
하지 못할 것이다. 그 순간 내가 억누르지 않으면 안 되는 두려움
을 조금이라도 덜어낼 수만 있다면 그러고 싶었다. 만일 후지노
가 딸의 그런 모습을 본다면 엄마인 나를 이전과는 비교도 안 될
정도로 강력하게 비난하며 가엾은 딸을 꼭 안은 채 돌려보내려 하
지 않고 내 집에 빈번하게 나타날 것이 틀림없다. 비난을 듣는다
해도 할 말은 없지만, 후지노와 만나는 동안 딸이 분노발작에서
해방된다면 나는 그 모든 상황을 받아들이지 않을 수 없다. 하지
만 나로서는 오히려 그런 상황이 아이의 분노발작을 심각하게 만
들 것만 같은 예감이 강하게 들었다. 새로운 인간관계 속에서 생
활하고 있는 후지노가 할 수 있는 일이라고는 자신의 일상은 아무
것도 바꾸지 않은 채 내게만 자신의 방식을 따르기를 강요하며 아

이를 마치 자신의 소유물처럼 가끔 안아주는 것 말고는 없다. 지금의 후지노에게는 딸을 데려가 키우는 것도, 예전처럼 다시 셋이서 함께 사는 일도 불가능했다. 딸의 분노발작에 후지노 본인에게도 조금은 책임이 있다는 사실을 인정할 거라고는 조금도 기대할 수 없었다. 그런 기대가 조금이라도 있다면 딸을 위해서라도 아무리 이런 엄마라 해도 아무 생각 없이 있지는 않았을 테다.

간호사 출신의 그녀는, 아직 내가 별거를 심각하게 여기지 않았던 시기에 그에게서 직접 '우리는 헤어지기로 했으니 잘 부탁드립니다'라는 말을 들은 사람이었다. 깜짝 놀란 그녀가 그에게 어찌된 일이냐고 묻자, 본인만 나가 살 예정이고 일요일이나 휴일에는 함께 보낼 거라며 다시 젊음을 되찾은 듯한 얼굴로 답했다고 한다. 생활비 같은 걸 물으니 '내 앞가림도 잘 못하고 있는 처지라 헤어져도 당분간 돈을 보내는 건 무리예요'라는 후지노의 답변이 돌아왔다고 한다. 너무 황당한 이야기라 당시 그녀는 이렇게 말했다.

"굉장히 이기적인 말이네요. 아이가 있는 집이라면 누구라도 그러고 싶지 않겠어요? 나도 말이죠, 다른 가족이 인정해 주기만 한다면, 언제 오든 괜찮다고만 해준다면, 후지노씨처럼 하겠어요. 하지만 그래서는 안 되잖아요?"

그녀에게 그 이야기를 들었던 것이 거의 1년 전이다. 그리고 이제 그녀는 딸의 발작을 설명해야 되는 내 처지를 이해해 주었다.

며칠 후 그녀는 전문의와 선배 간호사에게 들은 내용과 자기가 지금껏 들어온 사례들로부터 생각해낸 이런저런 조언을 해주며, 우선은 딸을 데리고 자기 집에 와보는 것이 어떻겠냐고 물었다. 물론 아이에게 특별한 치료를 하려는 건 아니고 그저 아이들끼리 어울려 놀게 하면서 함께 목욕탕에 가거나 밥을 먹는 것뿐이지만, 아이들끼리는 어린이집에서도 잘 지낸다고 하니 낯설지 않은 곳에서 자기들끼리 노는 동안 엄마도 얼마간 편하게 시간을 보낼 테니 결코 나쁜 일은 아닐 거라고 했다.

"하지만 어린이집에서도 충분히 함께 어울릴 텐데요……."

"어린이집과 집은 다르지." 그녀는 답했다.

아마도 아이는 지나치게 긴장하고 있는 모양이다. 어린이집이 아닌 곳에서 아무 생각 없이 시간을 보내면 의외로 간단히 해결될지 모른다. 아직 나이가 어리니 금세 안정이 될 것이다. 어찌 될지 장담할 수야 없지만, 엄마와 잠시 떨어져 있는 시간을 주는 것이 좋지 않겠나, 좋은 부모 나쁜 부모 이런 이야기가 아니라, 그저 마음 편히 지내는 시간이 아이에게 필요하다는 게 그녀의 주장이었다.

딸은 4, 5일에 한 번씩 그녀의 집에 가게 되었다. 상태를 들어보니 낯설어하기는커녕, 너무 즐거워해 잠도 안 자려 하고, 그녀를 마마라고 또 그녀의 남편을 파파라고 부르며 전혀 거리낌없이 지낸다고 한다. 게다가 그 집 아이를 밀어내면서까지 '파파' 어깨에 오르거나 무릎에 앉고, 한밤중에 자면서 오줌을 싸는 일도 딱 한 번밖에는 없었다는 게 그녀의 설명이었다.

스기야마를 기다리다 화를 낸 날, 딸은 다시 분노발작을 일으켰다. 나는 어느새 그녀의 집으로 향하고 있었다. 그녀의 집에 가고 있다는 걸 알자마자 아이는 당황스러울 정도로 만면에 웃음을 띤 채 내 팔을 잡아당기면서까지 빨리 가자고 큰 목소리로 재촉했다.

갑작스런 방문이기는 했지만 결국 아이를 그 집에 재우기로 했다. 그녀의 가족들이 권하는 대로 함께 저녁식사를 하고 나 홀로 집으로 돌아왔다. 뻔뻔하다는 생각을 할 여유조차 없이 구원받은 듯한 기분이었다.

그다음 일요일에도 스기야마는 오지 않았다.

더 이상 기대 같은 건 하지 말자고 다짐했다. 아이는 토요일 저녁 그녀의 집으로 가 일요일에 돌아올 예정이다. 아이를 그 집에 맡긴다는 건 내게 있어 더 이상 스기야마를 신경 쓸 필요가 없다는 것과 같은 의미였다. 그럼에도 일요일 아침이 되자 다시 나는 계단을 오르는 발걸음 소리, 문을 두드리는 소리에 귀를 기울이고 있었다. 실제 그런 소리가 들려오면 심장박동이 빨라졌다. 떨리는 마음으로 문을 벌컥 열었지만 그곳에는 신문대금 수금원이나 상조회사 영업사원이 서 있었다.

낮에 딸이 머물고 있는 그녀의 집에 전화를 걸었다. 딸이 지금은 돌아가고 싶어 하지 않는다며 그녀는 2시쯤 다시 연락을 달라고 했다. 일주일에 한 번 하는 청소를 마치고 다시 그 집에 전화를 걸었다. 수화기 저편으로 아이가 우는 소리, 그녀가 아이를 달래는 소리 같은 것이 섞여 들려왔다.

"어쩌지? 우리 집은 오늘 특별한 일정이 없어서 아이가 더 있어도 괜찮기는 해."

망설이다가, 그럼 죄송하지만 조금만 더 부탁한다고 말했다.

"그래요, 이따 5시쯤 다시 전화 줘요."

지갑을 코트 주머니에 쑤셔넣고 집을 나섰다. 아이에게 섭섭함을 느끼는 스스로에게 신물이 났다. 고작 네 살짜리 딸이 내 머리 꼭대기에서 나를 내려다보고 있다고 생각하니 증오심이 솟구쳐올랐다. 그리고 그런 자신이 혐오스러웠다. 아이가 내게 오지 않으려는 이유를 충분히 알고 있으면서도, '딸이면서 어떻게 엄마를 싫어할 수 있지?'라고 생각하는 스스로가 한심해 한숨만 나올 뿐이었다.

가까운 역으로 가 한 정거장 가면 있는 마트에 갈 생각으로 승차권을 끊어 전철에 올라 빈자리에 앉았다. 그러나 한 정거장, 두 정거장이 지나도 내릴 생각을 하지 않았다.

내 어깨에 기대어 잠든 옆자리의 여자 승객은 종점 바로 전 역에서 돌연 눈을 뜨더니 내게 눈길조차 주지 않고 서둘러 전철에서 내렸다. 전철이 종점에 도착하고서야 나는 자리에서 일어났다. 역 시계는 아직 3시를 가리키기 전이었다.

그곳은 내가 사는 곳의 옆 도시로 커다란 항구가 있는 곳이었다. 초등학교 시절 소풍으로 가본 적이 있다. 플랫폼에서도 배의 돛대 일부가 보였다.

 역을 나서 배 전체를 볼 수 있는 장소를 지나가는 사람에게 물어 발걸음을 옮겼다. 샌들을 신고 손에는 아무것도 들지 않은 차림의 내가 마치 이 도시의 주민처럼 자연스럽게 보이지 않을까 싶어 어쩐지 으쓱했다.

 높은 곳에 있는 공원에 도착했다. 항구가 왼편으로 이어지고 있었다. 항구와 가장 가까운 공원 울타리의 모퉁이를 돌아 정박 중인 배를 하나하나 자세히 관찰하기 시작했다. 외항선이 세 척, 작은 정기선이 두 척, 마침 항구에서 출항하는 분홍색 선체의 배 한 척이 있었는데, 해수면 가까이 피어오른 안개 탓에 흐릿하게 보였다.

 아득하게 보이는 분홍빛 흔적이 조금씩 작아지고 있다. 수수하고 옅은 색이었지만 함석판처럼 번쩍이는 수면에서 옅은 그 빛깔은 오히려 도드라져 보였다.

 내가 보고 있는 동안 분홍은 마침내 작은 점이 되어 바다의 강렬한 빛에 녹아 사라졌다. 나는 몸을 부르르 떨며 참고 있던 숨을 후 하고 내뱉었다. 시선을 외항선 쪽으로 돌려 보았지만 다른 배에는 시큰둥해지고 말았다. 눈앞에 분홍색 점이 작은 곤충처럼 어른거렸다.

 항구에서는 그만 등을 돌리고 공원을 둘러보았다. 공중전화가 있었다. 처음부터 전화를 걸고 싶었던 사람처럼 수화기를 들었다.

먼저 스기야마에게 전화를 걸었다. 그의 엄마가 전화를 받더니, 무뚝뚝한 목소리로 스기야마를 바꿔주었다. 그도 엄마가 신경쓰이는지 데면데면한 목소리였다.

나는 빠른 어조로 말을 이어갔다.

"지금 말해두지 않으면 앞으로는 할 기회가 없을 것 같아서. 곤란할지 모른다는 생각은 했지만 전화를 하지 않을 수 없었어. 너 말이야, 이제 그만 그 집에서 독립하면 어때? 실은 너도 그러고 싶잖아. 고등학생 때부터 널 쭉 봐왔기 때문에 그 정도는 나도 알아. 그래서 내가 궁리를 해봤어. 독립하고 싶다고 해서 아무 생각 없이 나오기도 그렇고, 특히 너 같은 경우엔 다른 사람들보다 더 신중해야 할 필요가 있어. 그렇지? 너는 스스로에 대해 자신이 없을 테니까. 하지만 슬슬 그래도 되는 시기라고 생각해. 계속 부모 밑에 있으면 진짜 바보가 될 거야. 너무 심각하게 고민하지 마. 부모라고 널 언제까지 지켜줄 수는 없어. 어릴 때부터 내내 네게 상처만 준 사람들이야. 상처가 또 상처를 낳고 널 더 아프게 할 거야. 부모는 부모일 뿐이야. 특별한 존재가 아니라는 말이야. 내 삶을 위해서라도 부모라는 끈을 끊어야 하는 순간도 있어. 부모가 하는 말이니 무슨 말이든 따라야 한다고 생각해서는 안 돼. 그러니까 일단 우리 집에서 당분간 함께 지내면 좋지 않을까? 방 하나 빌려줄게. 그 왜, 동향의 작은 방 그거 쓰면 돼. 나도 네가 함께 있

168

어주면 안심도 되고, 아이도 너를 잘 따르니까 무척 좋아할 거야. 네가 그래 주면 나도 기쁠 거야. 방값은 아주 조금만 받을게. 공짜로 빌려줘도 상관없지만 그럼 외려 네가 거북해할 것 같아서. 그러니까, 그렇게 하자 우리. 분명 즐거운 집이 될 거야. 충동적으로 마구 던지는 말이 아닌 거 알지? 우리 조합이라면 분명 잘 해낼 거란 생각이 들어. 진지하게 생각해 보길 바라. 나는 언제라도 괜찮아. 듣고 있어? 뭐라고 말 좀 해봐. 이런 좋은 기회는 두 번 다시 없어! 언제 올래?"

"나와는 상관없는 일입니다"

스기야마는 이렇게 대답하더니 딸깍 전화를 끊었다.

고개를 들어 날카롭게 번쩍이고 있는 바다를 보았다. 그리고 아이가 있는 그녀의 집에 전화를 걸었다. 딸이 전화를 받길래 나는 말했다.

"아직 데리러 갈 시간은 아니지만 빨리 알려주고 싶은 일이 있어서. 여보세요? 들려? 배를 봤어. 분홍색 배를. 조금 전에. 진짜 분홍색 배였어. 멀어질 때까지 봤어. 다음에 엄마랑 같이 보러 가자. 너도 보면 엄청나게 좋아할 거야. 우리도 거기에 올라 떠나지 않으면 안 될 것 같은 배였어."

아이는 '응, 응' 하며 또렷한 목소리로 맞장구를 쳐줬다. 아이 목소리 말고는 다른 사람 말소리도 어떤 소리도 들리지 않았다. 수화기 저편 세계에 아이 외에는 죄다 사라져버린 듯한 느낌이었다. 바다 위에 아이가 떠올랐다. 아이가 작은 손으로 커다란 수화기를 들고 귀에 대고 있는 모습이 눈에 선했다. 아이에게 전화를 하는 동안 눈물이 고였다.

11. 불꽃

그날도 퇴근 후 역에서 아이를 데리러 어린이집에 가는 길에 장례식을 보게 되었다. 이전에 치료를 받은 적이 있는 안과 선생님이었다. 오래된 단층 건물의 병원 입구에 근조화환이 죽 늘어서 있었고, 문 앞에 상중(喪中)이라고 쓰인 글자가 보였다. 장례식은 이미 끝났는지 사람들 모습은 없었다.

무뚝뚝한 할아버지 의사였다. 조수나 간호사도 없었고 환자도 그리 많지 않았다. 진찰실 안에는 약 상자가 여기저기 흩어져 있었으며, 바닥도 한쪽으로 쏠려 있었다. 그 할아버지 의사의 장례식인가 보구나, 라는 생각이 들었지만 확실하진 않았다. 들어가 누가 죽었는지 확인하고 싶었으나 그 건물 앞에 멈춰서지도 않고 그냥 지나갔다.

사람의 죽음과 만나는 일이 잦았다. 요 근래 주변에서 본 장례식만도 몇 번이었는지. 아무리 그래도 그렇게 많을 거라고는 생각하고 싶지 않지만, 내가 다니는 길목마다 죽음이 기다리고 있는 듯한 느낌을 받을 정도였다. 내 눈앞에 줄지어 나타난 죽음이 내게 알리고자 하는 건 무엇일까? 뇌리에서 그 생각이 떠나지 않았다.

겨울에서 봄으로 넘어가면서 날씨가 불안정한 계절이었다. 종일 포근한 바람이 부는 날이 있으면, 눈이 쌓이는 날도 있었다. 병자가 죽음을 맞이하기 쉬운 계절이기도 했다. 내가 사는 동네는 구시가지라 노인들만 거주하는 가구가 많았으니 그만큼 죽는 사람도 많았다. 내가 그 동네에 살든 그렇지 않든 사망자 수는 변함이 없다. 분명 그래야만 한다. 그럼에도 죽음과 마주칠 때마다 나는 그 죽음과 나를 연관시키려 했다. 내가 또 누군가를 죽음으로 몰아넣었구나 싶었다.

내가 사는 건물과 도로를 사이에 둔, 맞은 편에 있는 꽃집에서 우선 한 명이 죽었다. 그 가게 주인이었다. 지역자치회에서 보낸 천막이 가게 앞에 펼쳐져 있었다. 화환도 많은 성대한 장례식이었다. 그로부터 일주일이 채 지나지 않아 꽃집은 다시 문을 열었다. 그 댁 딸인 듯한 중년 여성이 방금 전까지 울었는지 눈이 빨갛게 충혈되어 있었다. 아이도 나도 그 모습을 놓치지 않았다.

다음으로는 옆 건물의 이발소 노인이 죽었다. 장례식 둘째 날, 딸과 나는 오고 가는 길에 빼곡히 서있는 근조화환 틈새를 헤치며 지나가야 했다.

그로부터, 아이 어린이집 근처의 어느 집에서 근조 문구를 발견했을 땐, '어째서 내게만 유난히?'라는 생각과 함께 한기가 엄습했다.

그러나 죽음은 계속되었다. 내 이전 상사였던 고바야시도 그즈음 사망했다. 그는 간경화증으로 일 년 가까이 입원하고 있었다. 사무실에 도착하자마자 고바야시의 후임인 스즈이가 내게 그 사실을 알려왔다. 그날 스즈이는 내 이름이 적힌 조의금 봉투까지 들고 장례식에 갔다. 퇴근 시간이 가까워질 무렵 돌아온 그는 조촐하고 분위기가 좋았던 장례식이었다는 소식을 전해주었다. 하지만 가정생활은 좀 복잡했는지 아내로 보이는 여성이 두 명이라 인사를 어떻게 해야 할지 곤란했다고 한다.

나는 고바야시의 죽음에 슬픔을 느낄 겨를이 없었다. 충격으로 몸이 떨렸다. 내 주변에 계속되는 죽음이 내게 어떤 신호를 보내고 있다는 예감이 들었다.

날이 갈수록 더 많은 장례식과 만났다.

감기로 자리를 보전하고 누운 것도 그즈음이었다. 아침부터 컨디션이 좋지 않았는데, 밤이 되자 주방에 서 있는 것조차 힘들어 열을 재보니 39도를 넘기고 있었다. 우선 코타츠에 발을 넣고 누운 후 딸에게 말했다.

"엄마가 아파서 아무것도 할 수가 없어. 어쩌지? 미짱 집에 전화해서 마마랑 파파더러 와달라고 할까? 언제나처럼 그 집에서 자면……."

일주일에 한 번 정도 딸이 자고 오는 곳이 있다. 어린이집의 같은 반 친구 집으로, 최근 자주 분노발작을 일으키는 딸이 안정을 찾을 수 있도록 자기 집에 종종 머무르게 하면 어떻겠냐는 그 집 엄마의 권유를 받은 것이 시작이었으나, 지금은 아이에게도 나에게도 없어서는 안 될 존재가 되었다. 남편 후지노는 3차 조정일에도 얼굴을 비치지 않았다. 그에게선 아무런 연락도 없었고, 딸 주변에 나타나는 일도 없었다. 그의 흔적이 내 삶에서 지워지는 만

173

큼 평온한 나날들이 이어지고 있다 해도 과언이 아니었다. 아무런 실마리도 찾을 수 없었다. 공포와 닮은 감각이 나를 지나치게 예민하게 만들었다. 네 살인 딸은 분노발작을 일으키며 그런 내게 반응을 보냈다.

딸은 나와 떨어져 하룻밤을 보내는 일을 처음부터 반겼다. 불안해하는 건 오히려 나였다. 거리에서 아이가 미아가 되는 꿈을 여러 번 꾸었고, 그때마다 눈물을 흘렸다. 하지만 결국 나도 그런 생활에 익숙해지면서 한껏 몸을 편안히 하고 숙면을 취할 수 있게 되었다. 가끔은 내가 먼저 아이에게, 미짱네 집에 가겠냐고 먼저 권하는 날도 있었다. 그러면 아이는 단박에 기분이 좋아져 '미짱, 미짱, 내일은 미짱 요일, 내일은 미짱 요일', 이런 엉터리 가사를 붙여 노래를 부르고는 했다.

'엄마도 잠깐 들렀다 가도 돼?' 하고 물으면, '응응, 엄마도 놀러 와요. 밥 같이 먹어요'라며 신나는 목소리로 답을 했다. 그럼 나도 딸의 엉터리 노래에 맞춰 춤을 추고 함께 노래를 부르고 싶어졌다.

열이 39도가 넘는다는 걸 알고, 적어도 내일까진 아무것도 할 수 없겠다는 생각이 들자마자 반사적으로 그 집에 부탁해야겠다는 마음이 먼저 들었다. 가까운 곳에 사는 친정엄마에게는 알리고 싶지 않았다. 후지노와의 일도 무엇 하나 제대로 고한 적이 없다. 걱정할 만한 일은 하나도 없다, 나와 딸 모두 건강하게 잘 지낸다, 이렇게 여겨주기만을 바랐다. 엄마에게도 후지노에게도 나는 비슷한 태도를 보이고 있었다.

"괜찮아요, 집에 있을래요. 미짱네 안 갈 거예요. 엄마 아프잖아요?"

딸은 하지만 그날따라 미짱이라는 이름을 들어도 조금도 반가워하는 얼굴이 아니었다. 깜짝 놀란 나는 다시 한번 더 물었다.

"미짱네 가는 거야, 진짜 싫어? 내일 엄마가 너 어린이집에 데려다주지 못할 수도 있어……."

"응, 진짜 괜찮아요. 엄마 병에 걸린 거죠?"

아이는 내 얼굴을 이리저리 살피더니, 또 그렇게 물었다. 아무래도 병에 걸렸다는 말에 마음을 빼앗긴 듯했다. 내가 고개를 끄덕이자, 아이는 내 이마를 짚었다가, 차례로 입술과 손을 만졌다.

"뜨거워요. 진짜 병에 걸린 거예요."

딸의 눈이 반짝 빛났다. 계속해 내 볼과 입술과 손을 만지는 동안 호기심으로 얼굴빛이 바뀌고 있었다. 나는 자리에서 일어나 식빵과 우유, 소시지를 차려주고 이불이 깔려 있는 작은 침실로 들어가 그대로 깊은 잠에 빠졌다. 한밤중에 눈을 떠보니 내 이마에는 축축하게 젖은 물수건이 얹어져 있었다. 아이는 옷도 갈아입지도 않고 이불 위에 몸을 둥글게 말고서 쿨쿨 자고 있었다. 전등도, TV도 켜진 채였다.

다음날 아이와 나는 온종일 집에서만 보냈다. 나는 비몽사몽 자다 깨다를 반복하고, 딸은 물수건으로 내 얼굴을 닦아주거나 체온을 재기도 하고 컵에 담은 물을 질질 흘리며 내게 들고 와 마시게도 했으며, TV를 보다 내 팔을 베개 삼아 오래오래 낮잠을 잤다. 죽을 끓여 아이와 둘이 나누어 먹었다. 그리고 그날 밤 아이도 40도 가깝게 열이 올랐다. 이번에는 내가 아이 이마에 물수건을 올려 주고, 땀을 닦아 주어야만 했다.

다음날 아침, 나는 37도 정도로 열이 내렸길래 아이를 업고 병원에 갔다. 진찰을 받고 각자 약을 처방받은 후 그대로 집으로 돌아와 약을 먹었다. 약 기운에 둘 다 그대로 잠이 들었다. 다음날이 되자 아이도 열은 내렸지만, 감기 회복기에 접어들 때면 언제나 그랬듯 설사를 시작했다. 평소에는 더 이상 쓰지 않게 된 기저귀를 채워 주었음에도 이불이나 옷에 설사가 묻었다. 열기와 냄새가 공기를 둥둥 떠다녀 방안은 묘한 안락함이 감돌았다. 오랜만에 아이 기저귀를 빨다 말고, 아직 열이 남아 있는지 멍한 상태에 빠졌다. 그러고 보니 오늘은 토요일이었다. 아직 하루 더, 누구 눈치도 볼 필요 없이 느긋하게 쉴 수 있는 주말. 냉장고가 어제부터 텅텅 비어있어 저녁 무렵 아이가 잠들어 있는 동안에 장을 보러 갔다. 우유와 달걀, 야채 외에 바나나도 샀다. 아직 딸이 아기였을 때, 숟가락 끝으로 살살 긁어 부들부들해진 바나나 과육을 먹였던 일을 떠올렸다. 하지만 그 시절 아기가 얼마나 작았는지는 잘 기억이 나지 않았다.

그날 밤 우리는 사흘 만에 온수에 적신 수건으로 몸을 깨끗하게 닦았다. 먼저 아이의 얼굴과 몸통, 등을 닦아주니 간지럽다며 도망가려 했다. 왼손으로는 아이를 붙잡고 오른손으로는 다리를 마저 닦아주었다. 그 후 새 수건에 온수를 적셔 아이가 지켜보는 앞에서 이번에는 내가 윗도리를 벗고 목과 가슴을 닦기 시작했다. 아이는 주뼛주뼛 내 가슴으로 손을 뻗었다. 몸을 닦던 손을 멈추고 아이가 어떻게 하는지 보았다. 아이는 젖꼭지를 만져보더니 멋쩍은 듯 웃으며 손을 뒤로 감추었다. 생각지도 못한 간지러움에 나는 몸을 웅크리며 양손을 가슴을 가렸다.

"한 번 더 만져봐도 돼요?"

새로 깐 이불에 한바탕 웃으며 몸 구르기를 하더니, 갑자기 생각났다는 듯 고개를 들고 그렇게 물었다. 순간, 주저했다가 이내 고개를 끄덕였다. 아이는 다시 젖꼭지를 잡더니 손가락에 힘을 줘 꾹 눌렀다.

"아야! 그럼 찌찌가 부서져."

황급히 아이 손에서 몸을 뺐다. 통증보다도, 오소소 소름이 돋았다. 이제 막 태어난 아이에게 처음 수유를 했을 때와 같은 감각이었다. 그건, 선명한 환희를 동반한 떨림이었다.

"아파요?"

아이는 미간을 찡그리고는 젖꼭지를 바라보며 물었다.

"당연히 아프지. 부서져버리면 이제 다시는 안 나올지도 몰라."

177

서둘러 파자마를 입으며 말했다. 갑작스레 맞이한 이 감각을 아이에게 들킬 것만 같아 당황스러웠다.

"괜찮아요, 다시 나올 거에요."

"다시 나올 리 없잖아. 이미 찌찌도 안 나오는데."

"찌찌 안 나와요?"

"응, 지금은 안 나와. 아기 땐 많이 먹었지만."

"찌찌 먹고 싶다……."

아이 눈이 다시 반짝 빛났다.

"안되거든, 찌찌 안 나온다니까."

웃으며 일어나 주방 쪽으로 도망갔다. 하지만 곧 전깃불을 끄고 아이와 이불 속으로 들어갔다. 그러자 아이는 다시 손을 뻗어 웃음을 참아가며 이렇게 말했다.

"나는 아가예요."

"으응, 그렇구나. 아가였구나. 그러고 보니 기저귀도 차고 있으니 아가 맞네."

"응애, 응애, 응애."

"어머나? 이 아가는 이상한 목소리로 우네, 고양이인가?"

나는 웃음을 터뜨렸다. 아이도 웃음을 참느라 희한한 목소리를 내며 아기 흉내를 냈다.

"응애 응애, 찌찌 찌찌."

"오구오구, 우리 아기 배고팠어요? 찌찌 먹을까요?"

나도 흉내내기에 동참해 아이를 무릎에 안아 올려 파자마를 걷어 올리고 아이 얼굴에 가슴을 대주었다. 본능적으로 아이는 젖꼭지를 입에 넣었다가 쑥스러운 듯 웃으며 얼른 뺏다. 그럼에도 볼은 그대로 가슴에 댄 채 그 대신 내 잠옷 소매를 빨기 시작했다. 딸은 아기 때부터 천을 빨며 자는 습관이 있었다.

새벽에 꿈을 꾸었다.

소풍인지 견학인지 어딘가 먼 곳, 스무 명 이상의 사람들과 함께 있었다. 얼굴을 보니 초등학교 시절 동기들 같았는데, 모두 키가 어른만큼 컸다. 을씨년스러운 느낌의 건물 안 계단 앞 복도에 다들 손에 뭔가를 들고 서 있었다. 음료수를 마시는 사람도 있었고, 볼일을 보러 화장실로 향하는 사람도 있었다. 나는 '그래 지금이야'라는 생각에 옷을 갈아입기 시작했다. 문득 고개를 들어보니, 모두 황당한 표정으로 나를 쳐다보고 있었다. 깜짝 놀라 몸을 가리려 했지만 잘되지 않았다.

'여기서 지금 꼴사납게 뭐 하는 짓이야'라는 짜증 섞인 목소리가 들려왔다. '빨리 옷 좀 입어'라는 목소리도 들려왔다. '꾸물거리니까 이런 일이 생기는 거야, 창피한 줄도 모르나 봐, 상식적으로 아무도 이런 곳에서 옷을 갈아입는 짓 따위는 안 하지 않나? 별수 없는 애네, 정말.' 이런 소리도 들렸다.

초조함에 허둥거리며, 어째서 이런 곳에서 옷을 갈아입으려 한 건지, 누구도 내게 신경쓰지 않는 것 같아 재빨리 갈아입으면 된다고 생각했건만, 이제 와 뭘 어째야 좋을지 몰라 슬펐다. 속옷과 블라우스가 복잡하게 얽혀 어디가 소매고 어디가 머리를 끼우는 곳이지 구별이 되지 않아, 엉거주춤한 자세로 옷을 어찌해보려 하면 할수록 오른쪽 가슴이 드러나고 말았다.

이런 일을 저질렀으니 모두 화가 났을 뿐만 아니라 시간이 되면 나를 이곳에 그대로 두고 사라질 거란 예감에 눈물이 줄줄 흘렀다.

"바보같이. 아직 시간은 충분하니까 우선 화장실로 가자. 내가 뒤에서 가려줄 테니까."

이런 말을 하며 내 뒤로 다가온 남자가 있었다. 떨리는 다리로 계단을 오르기 시작했다. 화장실에는 아무도 없었다. 내 뒤를 따라온 남자는 세면대 앞에 있는 의자를 발견하고 내게 등을 돌린 채 앉았다.

"자, 서두르도록 해. 여긴 아무도 없으니 괜찮을 거야."

이름은 잊었지만 얼굴만은 기억하고 있는, 초등학교 때 한 반이었던 애였다. 어린이가 그저 몸집만 커진 듯한 뒷모습이었다.

"그럼 부탁할게."

다른 사람의 기척이 느껴지지 않는 고요함에 구원받은 듯한 기분이 들어 옷을 마저 벗기 시작했다. 상반신의 맨몸이 드러나자 이런 정도의 주의는 해두는 것이 맞을 것 같은 생각에서 남자에게 말을 걸었다.

"나 보면 안 돼."

남자는 웃으며 말했다.

"이제 와서 그런 걸 봐서 뭐하게?"

하긴 그렇긴 했다.

안심한 나는 상반신은 알몸인 채 속옷과 엉클어져 있는 옷을 하나하나 풀었다. 팔이 남자 어깨를 스쳤다. 감촉이 부드러웠다. 잘 보니 남자도 옷을 제대로 갖추어 입지 않고 있었다. 성인만큼 큰 몸집이면서 살찐 아이 같은 등이었다. 옷을 갈아입으려 움직일 때마다 그의 피부에 손이 닿았고, 등과 가슴에도 닿았다. 이래서는 안 돼, 어떻게 된 걸까, 당황한 나는 숨이 막히고 눈앞이 흐려졌다. 반대로 그의 살갗과 내 살갗이 빛나기 시작했다. 너무 무서워 비명이라도 지르고 싶었지만 빛나는 살갗에서 눈을 뗄 수가 없었다. 아침에 눈을 떠보니 젖꼭지에 아릿한 통증이 남아 있었다. 곁에서 자고 있던 아이를 바라보며 나도 모르게 깊은숨을 들이쉬었다. 그러면서 요즘 내 주변에서 일어났던 몇 개의 죽음을 떠올렸다.

사무실로 복귀해 다시 일을 시작한 지 3개월 정도 지난 어느 날 후지노의 연락이 있어 회사 근처 카페에서 만나게 되었다. 그는 머리가 꽤 자란 모습이었다.

잘 지냈냐는 그의 물음에, 아주 잘 지낸다고 답했다.

"이혼하고 싶은 거 맞지?" 그가 이어서 물었다. 가정법원에 계속해 조정을 신청할 거냐고 묻자, 나는 고개를 끄덕였다.

"이제 그런 짓은 그만두도록 해. 그렇게 이혼이 소원이라면 그렇게 해줄 테니. 당신과 서로 진지한 이야기를 나누지 못한 건 유감이지만, 별거한 지 일 년이나 지났고……. 나도 이젠 지쳤어……. 이런 건 소모적이야."

깜짝 놀란 나는 그의 얼굴을 쳐다보았다. 앞으로도 후지노의 아내로 계속 살아가야 할지 모른다고 반쯤 포기한 상태였기 때문이다. 아냐, 아직은 믿을 수 없어. 나는 스스로를 타일렀다. 그는 변덕이 심한 남자였으니까. 그러나 그는 이런 말도 했다.

"태어나 처음이라고 해도 좋을 정도로 우리 일에 대해 고민해보았지만 어쩔 수 없다는 결론에 도달했어. 집을 먼저 나간 것도 나였으니까……. 아이는 잘 키워주길 바라. 아이 일은 다시 제대로 이야기 나누도록 하자. 걱정하지 마, 친권도 양육권도 모두 당신에게 양보할 테니. 지금 내가 뭘 해줄 수 있는 입장도 아니니까."

그는 쓴웃음을 지으며 주머니에서 봉투 하나를 내밀었다. 작년 가을 내가 그에게 보낸 이혼신고서였다. 당시 내가 써야 할 칸은 모두 채웠었다. 서류를 보니 그가 써야 할 곳도 채워져 도장까지 찍혀 있었다. 증인이라고 적힌 칸만 비어 있었다.

"당신에게 맡길게."

"정말 괜찮겠어?"

그런 무의미한 질문밖에 할 수 없었다. 너무나 갑작스러운 상황에 이혼서류를 보는 동안 몸의 감각이 점점 사라져갔다.

"괜찮냐니 무슨 뜻이야? 당신이 원하던 일 아니었나? 바라는 대로 했을 뿐이잖아."

"그동안 미안했습니다."

나도 모르게 그에게 고개를 숙이고 있었다. '다신 되돌릴 길 없는 잘못된 길을 가게 된 건지도 모르는데, 괜찮아?'라고 몇 번이고 묻고 싶었다. 물론 이혼을 요구해 왔던 건 내가 맞지만 그런 마음 한편으론 이런 일을 해선 안 되는 거 아니냐고, 더 나은 결론을 도출하고 싶었던 거 아니냐고 후지노에게 매달려 외치고 싶었다. 하지만 고개를 숙인 채 그의 앞에 멍하니 앉아 있기만 했다. 그는 마지막으로, 빌린 돈은 아직 갚기 어렵다, 양육비를 줄 수 있는 상황이면 좋겠지만 당분간은 보낼 수 없다, 여러 사람들이 자신에게 기대하는 것들이 있어 역시 영화 일을 다시 시작하고, 작은 극장을 열고 싶다는 목표가 있다, 이런 설명을 하더니 자리에서 일어났다.

"바쁜데 불러내 미안해. 그럼 이만……."

나는 한 번 더 고개를 숙이며 말했다.

"미안했습니다."

두 사람분의 커피 값을 내고 후지노는 떠났다.

정말일까? 이런 생각에 한참을 자리에서 일어날 수가 없었다.

내 삶에서 확실히 잃어버리게 된 존재의 거대함에 압도당하고 말았다. 지난 일 년간 어떤 모습이었던, 내게 후지노는 그 누구보다 가까웠던 남자이자 내 마음을 거짓 없이 전하고 싶었던 유일한 남자였다. 증오하는 마음도, 원망하는 마음도 결코 품고 있지 않다는 것만큼은 알아주길 바랐다. 어쩌면 후지노도 같은 마음이었는지 모른다. 서로가 미움받고 있다고 여기는 일이 필요한 관계도 있을지 모른다. 그렇게 생각하지 않을 수 없었다. 나도 그도, 아직은 죽고 싶지는 않은 사람들이니까. 점점 몸에서 힘이 빠져나갔다.

어느새 매일 따스한 날들이 이어지고 있었다.

새벽에 거대한 폭발음이 들려 잠에서 깼다. 건물이 흔들릴 정도였다. 아이도 잠에서 깨어 울었다. 무슨 일일까? 세차게 뛰는 심장을 누르며 둘이 함께 옥상에 올랐다. 주위를 둘러보았지만 아무런 이상도 발견되지 않았다. 하지만 다른 집 창문에서도 사람들의 모습이 보였다. 역시 폭발음을 들은 건 우리만이 아니었나 보다. 그럼 대체 어디서 난 소릴까. 여전히 훌쩍훌쩍 울고 있는 아이의 머리를 껴안은 채 계속 주위를 살폈다. 돌연 번쩍이는 섬광과 함께 건물 전체로, 아이와 내 몸까지 갈라지는 듯한 충격이 덮쳐왔다. 나도 모르게 눈을 꼭 감고 몸을 숙였다 다시 주변을 둘러보았다. 방에서 들었던 것보다 더 큰 폭발음이 밤하늘에 울렸다. 그와 동시에 까만 하늘이 붉게 빛나기 시작했다. 무슨 일이 일어난 건지 아직 예측도 할 수 없는 상태에서, 크고 밝게 빛나는 붉은 색 광선이 점점 더 넓게 퍼져가는 모습이 너무 아름다워 숨죽이고 바라보았다.

다시 한 번 더 폭발음이 들리며 밤하늘에 새로운 빛줄기가 나타났다. 어느새 두려움도 잊었다. 밤하늘 전체로 석양과 같이 밝고 붉은빛이 스며들어가며 빛의 입자가 반짝반짝 흘러, 오른편 하늘 위로 눈부신 빛이, 생명을 가진 존재처럼 뭉게뭉게 퍼져, 그 주변으로 아직 꺼지지 않은 두 번째 폭발에서 태어난 빛이 선명한 붉은 색을 띠고 있었다. 거리도 하늘도 온통 붉었다. 네 번째, 다섯 번째, 조금 기세가 약한 폭발음이 이어지더니 갑자기 조용해졌다. 하지만 하늘은 여전히 복잡한 빛깔로 뒤덮여 아름다운 모습을 보여주고 있었다.

"그만 눈물 그치고 저기 좀 봐. 이렇게 아름다운 하늘은 처음인 거 같지 않아? 정말 굉장하지?"

아이의 얼굴을 하늘로 향하게 했다.

"아……. 엄마……."

아이는 내게 꽉 붙어 있는 채 입을 벌리고 오묘한 하늘의 변화를 계속 바라보았다. 눈물에 젖은 아이 볼이 빛에 반사되어 붉게 빛나고 있었다. 폭발음이 그치자, 서서히 폭발 중심지를 따라 하늘 색이 제 모습을 찾아가고 있었다. 시간이 아무리 지나도 폭발음은 더 이상 들려오지 않고 하늘은 점점 어두워 가기만 했다. 나와 아이는 하늘 색이 완전히 돌아올 때까지 내내 옥상에 머물렀다. 둘 다 몸을 떨고 있었다.

다음날 아침 신문에, 후지노 빌딩에서 상당히 떨어진 곳에 있는 어느 작은 약품 공장에 자연발화가 원인으로 폭발이 있었고 사람도 몇 명이나 죽었다는 기사가 났다. 내 주변서 이어지던 연쇄적인 죽음이 내게 고하고 싶은 의미가 무엇인지 비로소 알 것만 같은 느낌이었다. 빛의 뜨거움과 힘. 내 안에도 뜨거움과 힘이 차 있었다. 지난밤, 어떤 죽음도 떠올리지 않고 그저 붉게 빛나는 하늘을 깊이 바라보기만 했던 나를 소환하지 않을 수 없었다.

12. 빛의 입자

건물 맞은편 인도에서 내가 사는 곳으로 눈을 돌리면, 먼저 4층 우리 집 창문을 바라본 후, 시선을 그 바로 아래 '임대'라 쓰인 커다란 종이가 붙은 창문으로 옮기고는 했다. 내가 그토록 확인하고 싶었던 것이 무엇이었는지 마침내 찾은 듯한 기분이 들었다.

길고 좁은 모양의 건물에서 가장 사람의 눈길을 끄는 존재는 다름 아닌 그 종이였다. 눈에 띄는 특징이라고는 하나 없는, 불투명한 사각의 창문도, 외벽 색깔도, 옆에 있는 작고 오래된 가게와 마찬가지로 칙칙하게 바래 일부러 발걸음을 멈추고 고개를 들어서 보려 하지 않는 이상은 이곳이 4층짜리 건물이란 걸 알아채기란 좀처럼 쉽지 않았다. 약간 떨어진 곳에서 이 일대를 바라보면, '임대'라고 쓰인 종이가 3층 높이에 붙어 있어, 그곳에 2층집보다는 키가 큰 '무언가'가 있다는 걸 간신히 알아챌 정도였다. 그렇다고 그 앞을 지나가는 사람들이 일부러 발걸음을 멈추고 그 종이에 시선을 두는 일 또한 없었다. 매일매일 저무는 해에 노출되는 동안 종이는 완전히 색이 바랬고, 실제 사무실 상태와는 별개로 3층 창문에 언제까지나 붙어 있는 존재로 결정된 것처럼 보였다. 아무도 그 사무실을 찾지 않는 이유는 그 종이 탓임이 틀림없다는 확신이 들었다. 어째서 그 사무실만 무관심 속에서 내내 비어있는 건지, 아무리 생각해 보아도 원인은 그것밖에 없었다. 그곳에서 사람이 죽어 나갔다는 소문도 없었고, 같은 건물의 다른 사무실과 비교해 보아도 특별히 조건이 나쁜 구석이 있는 것도 아니었다. 이곳에 산지 1년쯤 지났을 무렵, 실제 내가 사는 4층보다 그곳을 더 안락한 공간으로 느끼게 되었다.

깊은 밤, 이 건물에는 4층에 있는 딸을 제외하고는 아무도 없다. 각 층마다 남은 사람이 있지 않은지 확인이 끝나면 1층으로 내려가 계단 앞에 있는 셔터를 내렸다. 그러면 갑자기, 촘촘하게 각 사무실을 나누고 있던 벽이나 복도의 경계가 투명해진 듯한 기분이 들었다. 건물 전체가 소리가 울려 퍼지는 하나의 커다란 텅 빈 공간이 된 듯한 그런 기분이다. 그럼 마음껏 건물 이곳저곳을 탐험하고 싶어지지만, 실제 내게 허락된 장소는 낮 시간과 마찬가지로 계단과 4층의 내 집밖에 없었다. 우연히 3층 빈 사무실에 열쇠가 채워져 있지 않다는 걸 처음 알게 되었을 때, 마치 현실 세계에서는 일어나면 안 되는 일을 내가 불러들인 듯한, 어린 시절에나 느꼈을 법한 공포에 사로잡혀 어리둥절했다. 셔터가 내려진 건물에서 그 방문은 도리 없이 '마법'이라는 단어를 실감하게 했다. 문을 열면 큰길의 가로등과 신호등, 네온 불빛이 창에 붙은 종이를 부드럽게 비춰, 텅 빈 사각형의 공간을 채운 어둠을 아련하게 물들이고 있었다.

그 이후 몇 번이나 3층 사무실에 내려갔다. 하지만 그곳에 오래 머무르지는 않았다. 아이는 위에서 자고 있었고, 행인 눈에 뜨일 리 없는데도 그곳에 있는 동안 내내 숨을 죽이고 있었다. 건물주에게 양심의 가책을 느껴서 또한 아니다. 좁은 데다 낡기까지 한, 그저 살풍경한 사무실 중 하나일 뿐임에도 그곳을 향한 내 집착은 상상 이상이었다. 심장이 터질 듯, 숨이 막힐 듯, 몸을 어떻게 움직여야 할지 알지 못했다. 텅 빈 방안을 초조해하며 계속 걷거나 창밖을 몰래 바라보는 동안, 양팔에 소름이 돋으며 두통이 엄습했다. 더 이상 견딜 수 없는 지경이 되면 서둘러 4층 집으로 도망치듯 돌아왔다. 겨우 내 방에 도착해 새삼스레 3층 빈 사무실을 채우고 있던 빛의 색을 떠올릴 때마다, 그 공간을 향한 집착이 한층 강해진 듯한 느낌이었다.

2층부터 4층까지는 창이 완전히 똑같은 모양이었다. 내가 사는 4층과 3층 빈 사무실을 바깥에서 보면 그 두 곳을 바꾼다고 한들 그 변화를 아무도 모를 정도였다. 나는 그 사실에 커다란 만족을 느끼고 있었다. 3층 사무실을 빌리는 사람은 없는 걸까? 처음에는 나도 신경이 쓰였지만 이곳에 거주한 지 1년이 지나면서 '임대'라는 글자에 지극히 익숙해지고 말았다. 그곳은 어느덧 내게 '빈방'으로 존재하지 않으면 안 되는 장소가 되었다. 이곳에 누군가 들어올 일은 앞으로 없을 거라고 내 마음대로 믿었다. 그러다 문득, '임대'라고 쓰인 종이를 누군가 보고 부동산에 가게 된다면 언제든 빌릴 수 있는 상태라는 걸 떠올리고는 정신이 번쩍 들면서 짙은 불안에 잠겼다. 내가 뭐라 여기든, 이곳은 언젠가 '빈방'이 아니게 된다. 더군다나 건물주는 이곳이 아직 비어있다는 사실에 스트레스를 받고 있음에 틀림이 없다. 누군가 이곳에 들어와야 한다면 차라리 내가 이곳을 빌릴까 자주 고민했다. 한층 아래로 내려가는 것뿐이니 이사도 그리 어렵지 않게 끝낼 수 있을 테고, 사무실로 만들어진 곳이지만 나와 딸이 사는 정도로는 그리 나쁘진 않을 것 같았다. 4층 집보다 넓이야 조금 줄어들겠지만 오히려 그 점이 더 마음에 들었다. 옅은 빛이 춤을 추는 텅 빈 방. 가능하면 그 방 한가운데 엎드려 누워 앞으로의 시간을 맞이하고 싶었다. 커튼도 식탁도 죄다 없애고 싶었다. 한 장의 방석일지라도, 내 한 몸 쉬고 싶게 만드는 무언가를 가까이 두면, 그건 나와 아이에게 고통의 원인이 될지도 모른다. 아이는 다른 사람의 집을 전전하게 되고, 나는 누군가에게 말을 걸고 싶어 거리를 배회할지도 모른다. 사실 이미 아이와 나는 그런 밤을 보내기 시작했다. 그럼에도 우리는 서로의 존재를 기억하며 상대에게 기쁨이 되어주려 애써왔다. '빈방'은 그런 우리에게 가장 걸맞은 안식처가 되어줄 거라는 믿음이 있었다.

아이와 둘만 살기 시작한 지 일 년하고도 한 달이 지난 어느 봄날, 남편이었던 후지노에게 받은 이혼서류를 구청에 제출했다. 나는 다시 부모님의 것과 같은 성씨로 돌아갔다. 이름이야 어찌 되든 상관없었다. 새 호적에 나를 세대주로 등록했다. 지금까지 내가 쓰고 있던 후지노라는 남편의 성은 내가 살고 있는 건물인 '제3 후지노 빌딩'과 이름이 같았다. 물론 그건 우연의 일치였으나 완전한 우연이라고 단언하기는 어려운 부분이 있었다. 4층 이 집을 소개받았을 때, 이미 이 건물 이름을 알고 있었다. 창문이 많아 밝았던 점이 마음에 들어 이곳으로 정한 것이지만, 한편 건물 이름으로부터 남편과 내가 강한 인연의 실로 이어져 있다는 생각이 들어 정한 건지도 모르겠다. 남편과의 별거로 지금까지의 내 일상이 변하는 일에 깊은 두려움을 느끼고 있던 시기다.

내 성씨 또한 건물 이름과 같았기 때문에, 꼭대기 층에 사는 동안 왕왕 건물주와 나를 혼동하는 일이 발생하고는 했다. 건물과 사무실의 전기세와 수도 요금을 받으러 오기도 하고, 우편물이 잘못 배송되는 경우도 있었다. 예전에는 사채업자가 이 건물 사무실을 빌린 적도 있어서였는지, 돈을 빌리거나 빌렸던 사람이 곤혹스러운 얼굴로 4층까지 올라와 문을 두드리고는 했다. 건물주도 아닐 뿐더러 친인척도 아니며, 그저 세들어 사는 사람 중 하나라고 아무리 설명 해도 조금도 납득할 생각이 없는 이도 있었다. 그런 일이 반복되는 동안, 나도 모르는 사이에 이 건물에 애착이라도 생긴 걸까? 내 성씨가 바뀌었을 때 이곳, 한 장소만 언제까지나 비어 있는 '제3 후지노 빌딩'에서 나가야겠다는 생각이 가장 먼저 들었다. 이름이 바뀌고서야 비로소 이곳에 대한 나의 애착이 얼마나 큰지 실감했다. 3층의 빈방만이 아니라, 계단 하나하나, 셔터를 올리고 내리는 소리에까지, 따스한 친밀함을 느끼지 않을 수 없었다. 시간을 내서 부동산 사무실을 돌기 시작했다. 3층 사무실에 누군가 들어오기 전에 이사 갈 집을 찾고 싶었다. 건물과 함께 숨쉬고 있는 나 자신을 그대로, 건물과 하나인 생명체로 남겨두고 싶었다.

그해 봄, 딸은 꽃에 흠뻑 빠져 살았다. 민들레, 꽃무, 개망초, 괭이밥풀, 개불알꽃, 광대나물, 토끼풀, 냉이꽃 등 어린이집에서 집으로 돌아오는 동안에 양손에 다 들지 못할 정도로 많은 꽃을 꺾어 왔다. 들고 다니는 가방 안에도 노란 꽃, 하얀 꽃, 푸른 꽃이 잔뜩 들어 있었다. 게다가 어린이집에서 비닐봉투까지 얻어와 그 안에 방금까지 꺾은 꽃들을 담아 내게 그걸 선물로 주기도 했다. 뿌리째 뽑힌 꽃에는 종종 흙이나 작은 모래가 섞여 있었고, 떨어진 캔 따개나 사탕 껍질 같은 것도 함께 들어 있었다. 봉투 안에서 아직 시들지 않은 꽃만 골라 컵에 물을 받아 꽂아 두었다. 집 안에 점점 꽃이 증식하고 있었다. 아이에게 꽃은, 뽑아도 뽑아도 그 곁에서 지금까지보다 더 풍요로운 생명력을 뿜어내는 신비롭고 아름다운 존재였다. 딸은 그 생명체를 미친 듯 쫓아다녔다. 아이와 함께 걷다 보면, 나 또한 그 풍요로움에 압도당하지 않을 수 없었다. 벚꽃이 피고, 철쭉과 조팝나무꽃이 피었다. 아이는 발치에 떨어진 꽃잎들을 그러모았다. 아이의 머리와 몸에도 꽃잎이 팔랑 춤추며 내려왔다.

어느 토요일 오후, 어린이집에 아이를 데리러 갔다가 그대로 버스를 타고 벚꽃 명소로 알려진, 도심의 오래된 해자(垓字) 안쪽에

있는 공원으로 향했다. 바람이 제법 부는 날이었다. 아침엔 비라
도 내릴 듯 하늘이 흐렸지만, 점심 즈음부터 해가 나기 시작하더
니, 우리가 공원에 도착할 무렵엔 청명한 하늘이 얼굴을 내밀었
다. 공원은 그 안에 세워진 건물에서 큰 행사라도 있었는지, 예상
보다 더 혼잡했다. 벚꽃은 이미 만개한 지 조금 지났고, 버스에서
내리자마자 보이는 연못의 경사로에는 꽃무 등 여러 가지 꽃들이
선명한 빛깔을 뽐내고 있었다.

"엄청나게 많이 피었네!"

재빨리 아이를 안아 올려 꽃이 피어있는 모습을 보여주었다. 아
이는 초조한 듯 몸을 비틀더니 나를 재촉했다.

"엄마, 빨리 가요! 저 꽃 있는 데로 가요!"

"갈 수 있다면야 좋겠지만……."

"가요, 얼른. 네?"

"하지만 저긴 아무도 없잖아. 아마 사람이 들어갈 수 없는 곳인
가 봐. 저런 곳에서는 꽃 더미에 미끄러져 물속으로 풍덩 빠질걸.
물에는 뱀처럼 긴 수초가 엄청 많아서 거기 걸리면 숨을 쉴 수 없
게 돼 죽고 말 거야. 그리고 다신 물 밖으로 나올 수 없게 되는 거
야. 미끌미끌한 수초에 손발이 묶인 채 뼈로 변한 사람들이 잔뜩
가라앉아 있다고."

"뼈 같은 건 없어요! 아무것도 안 보이잖아요!"

"당연히 안 보이지. 물이 저렇게 짙은 녹색인데다가 엄청 깊은

걸!"

"괴물도 있어요?"

"어쩌면 있을지도 몰라. 저 물 아래서 꽃을 바라보고 있을지도."

"안 보여요."

"흠……. 하지만 노랑, 분홍, 파랑 같은 색들이 반짝반짝 저 위에서 빛나고 있는 걸. 그럼 한번 가볼래?"

나는 안고 있던 아이를 내려주고 손을 잡았다.

"싫어요!"

아이가 울기 시작했다.

"어째서? 가고 싶다며, 가자!"

"싫어, 싫어! 무섭단 말이에요."

아이는 몸에 잔뜩 힘을 주고 그 자리에서 꼼짝도 하지 않았다. 나는 가는 걸 단념하고 아이 곁에 섰다.

"여기서도 벚꽃이 아주 잘 보이네. 그러니까 이제 그만 울음 그치자……."

아이는 내 무릎에 얼굴을 묻더니 마구 비비기 시작했다. 부드러운 아이의 등을 양손으로 쓸어주었다. 공원 입구까지는 100미터 정도 돼 보였다. 물을 사이에 두고 꽃이 피어있는 사면을 바라볼 수 있는 그 길에는 많은 사람이 지나다니고 있었지만 걸음을 멈추는 이는 아무도 없었다.

중학생 때였다. 하굣길에 자주 그 길에 멈춰 서고는 했다. 그 무렵, 해자 안쪽은 아직 공원이 아니었다. 대신 어느 관사 하나가 쓸쓸히 세워져 있었다. 창고처럼 보이는 집 주변에는 자그마한 밭과 우물이 있었다. 뒤꼍에는 빨래가 널려있어 누군가 살았던 곳임에는 분명했지만, 그곳에서 사람과 마주친 적은 단 한 번도 없었다. 언제 가도 사람의 기척을 느낄 수 없었다. 지금 와 생각해보니, 공원을 조성하기로 결정되면서 그곳에 살던 사람들이 급하게 이사를 하고 난 후에 내가 그곳을 지나다 우연히 발견한 듯하다. 얼마 후 그곳은 출입금지 구역이 되었다. 공사가 시작되면서 나도 그 장소에서 멀어지다 기억에서조차 사라졌다. 꿈이나 영화를 보는 듯, 녹색으로 고인 연못을 바라보자니, 십수 년 전의 광경을 그릴 수 있었다. 꽃과 나무, 풀로 뒤덮인 한낮의 햇빛이 그대로 멈춰있는 듯한 풍경이었다. 밝고 고요했으며, 그래서 외려 비현실적인 느낌을 주는 곳이었다. 전철과 자전거가 달리는 소음으로 가득한 큰길에서 한 발짝 들어가서, 사적으로 보이는 오래된 문을 통과하면 그런 풍경이 펼쳐졌다. 이곳을 알고 있다는 사실을 절대 누구에게도 밝혀서는 안 된다는 예감이 들었다. 그곳에 있다 보면 나까지 빛의 입자로 변해 그 풍경의 일부가 되고 싶다는 유혹에 빠졌다. 그래서 아무도 이 곳을 알아서는 안 된다고 생각했다. 한 공간에 빛이 그대로 고여 멈춘다는 건 세상에 존재할 수 없는 현상이었다. 시간의 흐름이 정지되어 있는 듯한 풍경 앞에서, 절대 그 안으로 발을 들이려 하지 않았다.

그곳이 공원이 되고 몇 년 후, 다시 그곳을 어느 밤 한 남자와 지나갔던 적이 있다. 역시 벚꽃이 지기 시작할 무렵이었다. 나는 반팔 니트 차림이었다. 한낮엔 땀이 흐를 정도로 기온이 높았음에도 밤에 그와 함께 길을 걷는 동안 싸늘한 기운에 이가 딱딱 부딪힐 정도였다.

"너무 성급한 거 아냐? 고작 4월인데…….."

그가 나를 보며 웃었던 기억이 난다.

공원을 통과하며 그는 5미터 정도 앞서 걷고 있었다. 꽤 긴 시간 그렇게 걷다가 그는 가끔 뒤돌아서서 내가 잘 따라오고 있는지 확인했다. 그리고 다시 걸었다. 공원 출구 근방에서 길을 잃어버린 듯한 한 노인에게 그는 길을 가르쳐 주고 있었다. 손짓까지 해가며 길을 알려주다, 다시 길을 잃어버리면 곤란해질 거라고 생각했는지, 노인을 데리고 몇 분 정도 함께 길을 걸었다. 커다란 교차로가 보이는 곳에서 다시 한번 어떻게 가면 되는지 알려주자 노인은 몇 번이나 고개 숙여 인사를 하고선 사라져 갔다. 그는 머리를 긁적이며 뒤돌아서더니 환하게 웃었다. 그 웃음에 마음을 빼앗긴 나는 그에게 다가갔다. 내가 다가가자 그는 '괜찮겠지?'하고 중얼거리더니 얼굴이 빨개졌다. 나도 그에게 미소를 지으며, 조르고 있던 일에 관해 다시 말을 꺼냈다.

"지금 이 공원만 해도 사람이 엄청 많아. 집에 데리고 가주지 않을 거라면 저 근방 어디라도 상관없어. 우리들만 그러는 거 아니니까 그렇게 신경 쓸 것도 없어."

그러자 그의 표정이 일순 굳었다.

"바래다줄 테니까 돌아가자. 이제 그만 집에 좀 가."

"싫어. 이대로는 돌아가고 싶지 않아. ……어째서 안 된다는 거야? 금방 하고 가면 되잖아."

"잘도 지껄인다. ……그런 건 꼭 내가 아녀도 되는 거 아닌가? 혼자 가서 큰 소리로 아무 남자나 불러 봐. 몇 명이라도 올 테니까."

"……나는 네가 좋아……."

"질린다 정말. 너랑 있으면 마치 내가 짐승이 된 거 같아서 소름이 끼칠 정도야. 나는 그냥 보통 사람이라고!"

"그건 나도……."

그는 경멸하는 듯한 표정으로 콧소리를 대더니 휙 뒤돌아 걷기 시작했다. 조금 간격을 두고 나도 다시 그 뒤를 따라 걸었다. 그를 만나면서 성적인 쾌감에 눈을 떴다. 서로 대화하는 시간도 아까워하며 섹스에 탐닉했다. 그가 어째서 자신의 성욕에 혐오를 드러냈는지 나로선 그 이유를 알기 어려웠다. 서로를 나누는 일, 그건 몸의 감촉을 나누는 일 아닌가? 그것 말고는 대체 서로에게서 무얼 구할 수 있는 건지, 그저 한갓 인간일 따름인데.' 나는 그런 생각에서 벗어날 수가 없었다. 지금은 그의 얼굴조차 떠오르지 않는다. 2년 뒤 나는 도서관에서 근무하기 시작했고, 아이 아빠인 후지노를 만났다.

내 무릎에 얼굴을 묻고 있던 아이가 돌연 일어서서는, 눈앞에 펼쳐진 꽃들을 향해 소리를 지르기 시작했다.

"안녕하세요, 꽃님들!"

아이의 외침이 끝날 때까지 기다리다 아이에게 물었다.

"꽃님이 대답해줬어?"

아이는 자못 자랑스러운 표정으로 고개를 끄덕였다. 그리고는 밝은 목소리를 내며 나를 그 자리에 둔 채 달리기 시작했다. 아이가 향한 곳은 공원과 반대 방향이었다.

그로부터 일주일 후 이사할 집을 정했고, 그리고 이주일 후인 일요일 아침, 4층 집을 비워주고 새로운 거처로 옮겼다. 3층 사무실은 여전히 비어있었다.

이사 전날 밤, 아이를 재우고 서둘러 짐을 싸기 시작했다. 짐이 별로 없다고 생각했는데, 하다 보니 밤을 꼴딱 새우고 말았다. 딸은 자기가 자는 동안 완전히 바뀐 집을 보더니 어찌할 바를 몰라 이 상자에서 저 상자를 돌아다니며 팔짝팔짝 뛰었다. 이사할 집은 지금까지 살던 곳에서 걸어갈 수 있을 정도로 멀지 않은 거리였다. 내가 그 집을 처음 보러 간 날, 그 집에 살던 가족도 이삿짐을 실을 트럭을 기다리며 짐을 꾸리고 있었다. 그 집은 좁고 구부러진 길가와 인접한 곳에 있었다. 그 주변에 있는 집도 다들 비슷비슷한 모양새였다.

"저 집입니다."

그곳까지 나를 안내해준 부동산 중개인이 2층으로 된 어느 집을 손가락으로 가리키며 말했다. 빨랫줄을 달아놓은 통로에는 네 살 정도로 보이는 반바지 차림의 남자애가 무표정하게 나를 주시하고 있었다. 철제 계단을 올라 부동산 중개인이 일러준 집 입구에 도착하니 그 남자애는 내 곁을 재빠르게 지나 나보다 먼저 집으로 들어가더니 제 엄마 뒤로 숨어 나를 노려보았다. 나는 부동산에서 소개받고 집을 보러 온 사람이라고 머리에 수건을 두른 여자에게 전했다.

"어머, 벌써 오신 거예요? 이거 너무 빠른데요!"

여자는 그렇게 말하더니 안쪽에 있는 아이 아빠에게 집을 보러 온 사람이라며 설명하고는, 편히 들어오라 권했다. 그 말에 구두를 벗고 들어가긴 했지만, 이삿짐으로 인해 안까지 둘러보기는 어려운 상태였다. 하지만 굳이 안까지 들어가보지 않아도 전체를 파악하기 어렵지 않은 크기의 집이었다. 주방에서 이어진 한 평반 정도 되는 공간에 북향의 세 평 정도 되는 방이 있었다. 방 창문은 녹색 플라스틱 판으로 가려져 있어 한낮에도 전등이 필요할 것 같았다. 현관과 주방이 남향이었지만, 옆집 건물이 바로 가까이 있어 벽이 해를 가리고 있었다. 길가 쪽으로 나 있는 창문으로만 유일하게 빛이 들어오는 듯했다. 일부러 구두까지 벗고 들어왔지만 집 구석구석을 살필 수가 없어 엉거주춤 선 채 집 안을 둘러보는 내게, 여자는 이삿짐으로 어수선한 가운데서도 빠른 어조로 그 집에 관해 설명하기 시작했다. 자기네는 4년 반 정도 이 집에 살았다, 햇빛이 잘 들어오지 않아 썩 좋은 집이라고 하기는 어렵다고 생각한다, 아래층에 사는 독거 할머니와는 여전히 사이가 좋지 않다, 게다가 머리가 좀 이상한 할머니라 조금만 방안을 걸어도 굉장히 거칠게 천정을 쾅쾅 두드리는 바람에 우리도 질세라 일부러 더 쿵쿵 발을 구르며 걸었다, 우린 끝까지 지지 않았지만 마음이 약한 사람은 신경쇠약에 걸릴 수도 있다, 등등이었다. 장점이라면 월세도 싸고 어린아이가 있어도 된다고 했다.

"만삭일 때 급하게 구한 집인데 어느새 그 아이가 이렇게 큰 거예요. 그런 괴팍한 노인에게 굴하지 않고 지금까지 잘 버티긴 했죠. 그 할머니 여기 아니면 갈 데도 없으니 그쪽도 만약 여기서 살 생각이 있다면 처음부터 강하게 나가야 해요. 마음이 약해 보여 조금 걱정이 되네요."

"거, 적당히 해. 아직 싸야 할 짐 남은 거 안 보여?"

방 안에서 짐을 꾸리던 남자가 그렇게 말하자, 그녀는 쓴웃음을 지으며 입을 다물었다. 서둘러 인사를 하고 그 집을 나섰다. 계단을 내려가며 아래 집 창문을 몰래 훔쳐보았다. 옅은 주황색 무늬의 커튼이 반만 쳐져 있었다. 하지만 탁자와 책장이 그 창가에 놓여있어, 방 안 모습이 어떤지 전혀 파악할 수가 없었다. 서두르지 않아도 언젠가 싫든 좋든 만나게 되겠지. 나는 그런 생각을 하

200

며 부동산으로 향했다. 계약금을 걸고 4층 집으로 돌아왔다. 마침 방안으로 식양이 스며드는 시간이었다. 가득 찬 붉은빛으로 인해 집 안은 숨막힐 정도로 밝았다. 그 모습을, 몇 년이나 보지 못해 확실히 떠올릴 수 없게 된 사람이라도 된 듯 한참을 현관에 선 채 바라보았다. 움직이는 존재라곤 그 무엇도 없는 고요한 광경이었다. 빛이 사라지고 대신 방안에 푸르스름한 어둠이 차오르자, 근처 아는 사람 집에 잠깐 맡긴 아이를 데려오기 위해 다시 계단을 내려가기 시작했다.

빛, 소리, 꿈

쓰시마 유코의 빛의 영역

해설 카와무라 미나토(川村 湊)

빛

어린 딸을 홀로 키우게 된 젊은 엄마가 4층 건물 꼭대기 층에 살고 있다. 1층은 카메라 가게, 2층과 3층에는 순금 제작 명패를 주문받는 가게와 회계사무소, 뜨개질 교습소가 입주해 있다. 그리고 맨 위층인 4층의 '사방에 창문이 있는 집'에 '나'와 딸로 이루어진 한부모가족이 살고 있다. 내가 부동산을 통해 몇 군데나 소개를 받은 끝에 겨우 발견한 집이 그곳이었다. "아래서 올려다보면 우뚝 솟아있는 듯한 계단 때문에 한숨이 절로 나왔지만, 문을 열고 한 발 들어서자마자, '이 이상의 집은 없다'고 마음속으로 외친다." 그건, '붉은 바닥이 석양에 타오르고 있'었고, '내내 닫혀있던 빈방에 빛이 꽉 들어차 있'었기 때문이다.

연작단편집 〈빛의 영역〉 안에는 빛이 흘러넘친다. '빛의 영역', '붉은빛', '불꽃', '빛의 입자' 등의 제목만 보아도 이 이야기가 '빛'에 대해 깊이 사유하고 있음을 알 수 있다. '좀 더 빛을'이란 말을 외치며 죽음의 단상으로 간 건 괴테지만, 쓰시마 유코의 소설에도 '괴테'가 등장한다. '고민은 모조리 집어치우고 곧장 함께 세상 속으로 뛰어듭시다'라는 시 구절의 저자로서 말이다.

　이런저런 고민은 집어치우고 곧장 세상 속으로 뛰어드는 것, '나'가 건물 4층에 있는 빛이 흘러넘치는 집에 살게 된 건, 이혼 조정 중에 있는 '남편'으로부터 도망치고 싶었던 것이 이유의 하나지만, 세상 속으로 뛰어들고 싶었던 것도 또 하나의 이유는 아니었을까? 남편과 아내, 부모와 자식, 이런 폐쇄된 가족형태에서의 탈출. '전철역 앞 상가', '버스가 다니는 길 바로 앞의 창문'에서 '석양과 소음이 어쩔 수 없이' 쏟아져 들어오는 곳, 환경적인 면에서 보자면 결코 양호하달 수 없는 건물 4층에 있는 집을 보금자리로 선택한 이유가 바로 여기 있다고 생각한다.

　석양과 소음과 진동은, 어린아이와 엄마 둘만 사는 가족이 적극적으로 살고 싶다고 생각할 만한 좋은 환경이 결코 아니다. 그럼에도 그곳을 '여기 이상의 집은 없다'고 여겼던 이유야말로 바로 그 빛과 소리와 흔들림 때문이었을 것이다. 세상과 같이 흔들리고, 소음 가운데 존재하며, 거리의 움직임과 술렁임에 따라 함께 숨 쉬는 공간. 내가 구하고 싶었던 집은 그런 공간이어야지, 어린 딸과 둘이서 고요히 칩거해 살고픈 집을 바라진 않았을 테다. 세상과 벽 한 장, 문 하나만을 사이에 둔 집. 빛과 소리와 흔들림이 '파도'라면, 세상과의 단절이 아닌 파도 위에서 흔들리고, 표류하며, 삼켜지는 순간의 희열 즉, '나'는 결코 인간사회에서 도망치거나 세상이라는 보호막으로 가려진 곳에 자신만의 작은 '집'을 지키려 안간힘을 쓰는 것이 아닌, 결국 '고민은 집어치우고 곧장 세상 속으로 뛰어들겠다'는 의지를 지닌 인물이다.

사람에게서 도망치는 것, 사람에게 사랑받는 것, 이 두 가지는 동전의 양면과 같다. 빛과 그림자가 앞뒤로 이루어진 하나의 관계이듯 애증이란 자신의 꼬리를 삼키는 용 '우로보로스'일 것이다. 그렇기 때문에, '나'는 '남편'이 나와 딸 둘이서만 사는 집에 오는 일을 꺼려하면서도 기대하고, 기대하면서도 꺼려한다. 마치 헤이안 시대 여성 같다. 내가 먼저 능동적으로 다가가지는 않지만 '가와우치'나 '스기야마' 같은 남성들이 내 집에 오기를 기다린다. 이제 막 이성에 눈뜬 소녀처럼. 물론 '나'가 기다리는 존재는 '가와우치'도 '스기야마'도 아니며, 그렇다고 남편 '후지노' 또한 아니다. 그런 존재는 술렁이는 거리에 있는 누군가, 혹은 뛰어든 세상 속에서 발견할지 모르는 누군가일 테다. '빛'이야말로 그걸 가리키는 상징적인 기호일 것이다. 장편소설 〈불의 강변에서〉에는 석양에 강박을 가진 주인공이 등장하는데, 석양이 가득 비치는 집에 사는 〈빛의 영역〉 속 '나'는, '집'일 수 없는 집, 부모와 자식,

남편과 아내가 함께 사는 공간을 의미하는 '집'과는 다른 형태의 집을 갈구하고 있다.

　나에게는 눈길도 주지 않는 남편, 만지려고도, 안으려고도 하지 않는, 그냥 딸의 아빠일 뿐인 남편에게서 완전히 독립하기 위해 4층의 그 집에서 '빛'과 함께 사는 1년이라는 시간이 필요했던 것이다. 젊은 엄마와 어린 딸이 비바람을 그대로 맞아야 하는 '세상'이라는 현실로 뛰어든 이상, 온몸으로 겪어내야만 하는 경험이기도 하다. '빛'은 그런 엄마와 아이에게 반려존재임과 동시에 동료가 된다. 또한 이 둘을 감싸주는 보호자이기도 하다. 남편과 이혼이 성립되고 더 이상 함께 있을 수 없고, 남편과 아빠에게 기대할 필요도 두려워할 필요도 없어지자, '나'는 아이와 함께 햇빛이 잘 들지 않는 집으로 거처를 옮길 결심을 한다. '빛'과의 동거는 그 시점에서 한번은 정리해야 하는 과정이었다. 갑작스러운 이사는 '빛'의 도움을 더 이상 필요로 하지 않는 주인공 '나'에게 필연적인 선택이었다고 납득하지 않을 수 없었다.

소리

　쓰시마 유코의 소설에는, '소리', 특히 '물의 소리'에 대한 강박이 있는 듯 보인다. 소리와 물 모두 '파도'이면서, 빛도 '파동'이라 할 수 있다. 빛, 소리, 물, 이 세 가지는 '나'의 일상 가운데로 숨어들고, 스며들고, 침투했다. '물가'편 이야기의 시작은 꿈속에서 들었던, 벽 저쪽에서 계속되고 있는 물소리였다. 그건 '나'의 방, 벽 저편에서 들려와, 아래층 벽을 적시고, 물웅덩이를 만든다. 꿈인지 생시인지 모를 물소리, 그 소리는 결코 '나'에게 적대적인 존재가 아니다. 비는 창밖의 가로등과 네온 불빛으로 반짝이고 있는 거리를 적신다. 경쾌하고 리드미컬한, 어느 쪽인가 하면 즐거운 느낌의 빗소리를 '나'에게 전해준다. 그러나 현실에서는 진원지를 알 수 없는 건물 안의 누수는 귀찮고 곤란한 일일 것이다. 아래층 남자와 건물 관리를 맡고 있는 부동산 남자와 함께 물소리와 누수의 정체를 파악하려는 '나'는 마침내 옥상 물탱크에서 새고 있던 물로 인해 바다처럼 변해버린 옥상을 발견하게 된다. 옥상 바다, 세간의 잣대로 보자면 그런 모습은 성가신 사건이나 사고라 할 수 있겠지만, 옥상 바다에서 들려오는 물소리는 도시의 건조한 소음과 진동과 함께하는 일상에 촉촉함을 전해주었다. 소리, 물소리나 바람소리는, 갑작스레 아빠와 떨어져 살게 된 아이와 남편을 밀어내는 아내, 이 두 사람을 위로하는 존재이자 고독하고 불안한 일상을 위무하는 존재가 된다.

그러나 소리는 또한 재난이기도 하다. '모래언덕'에서는, 처음엔 창밖으로 색종이를 던지는 딸의 습관이 점점 소꿉놀이, 인형, 나무 블록으로까지 이어져 드디어 옆집 할아버지가 쫓아오는 지경에 이른다. 노부부 두 명이 사는 옆집에서는, 자주 들려오는 '정체를 알 수 없는, 천둥처럼 지붕 위로 무언가 떨어지는 소리'에 인내

심의 한계를 느꼈다고 항의한다. 얼굴에 경련을 일으키며 커다란 목소리로 비난하는 노인에게 '나'는 히스테릭한 대응을 하고 만다. '아이 탓으로 돌리지만 실은 당신이 던진 거 아니냐', '제대로 된 여자라면 그런 집을 빌려 혼자 살 리 없다'고 노부부가 그녀를 매도했기 때문이다.

홀로 딸을 키우며 사는 엄마인 '나'와 노부부가 사는 옆집 가족은 둘 다 사회라는 울타리 바깥쪽에서 사는 무명의 약자들이다. '나'는 이사한 날부터 옆집 노부부와 친절하게 인사를 나누며, '좋은 인상을 보이고, 호의에 기대고 싶은' 사람이었다. 그런 나의 기대는 '제대로 된 여자라면'이라는 노인의 말에 무참히 깨지고 만다. 서로 도와가며 살아야 할 사회적 약자로, 같은 처지라 여기며 동질감을 가지고 있던 '나'는 노부부에게 배신감을 느끼며 괴로워한다.

그러나 그건 '나' 혼자만 품고 있던 공감에 지나지 않았다. 노부부가 하는 가게에서 종종 먼지를 잔뜩 뒤집어쓴 과자를 사는 일을 입 밖으로 내진 않았어도 그 동네에서 함께 거주하는 노부부와의 상생(相生)이라 믿고 있었다. 물론 그 노부부에게 '나'와 아이는 의심스럽고, 정체를 알 수 없는 '결손가족'에 지나지 않았던 것이다. 세상의 소리로부터 몸을 숨긴 채 살아가던 사람들이 '소리'로 인해 가해자와 피해자가 되었다. 결정적 약자일 수밖에 없는 '나'와 딸로 이루어진 가정이 어느새인가 나보다 약한 노부부를 놀라게 하고, 밤에 잠도 못 잘 만큼의 공포를 주는 존재가 된 것이다. 그로 인해 '나'와 딸이 사는 4층 집 창문은 파란색 방충망으로 뒤덮이게 된다.

"방이 온통 파랗게 변했어요. 창밖이 잘 보이지 않아요." 딸은 그렇게 말한다. 건물 4층에 있는 집은 화려한 도시 한가운데 공중에 떠 있는 듯한 기묘한 공간이다. 그 공간이 파란 방충망으로 가로막힌다. 소리를 가로막고, 흔들림을 가로막고, 빛을 가로막는다. 그로 인해 '나'와 딸의 거주공간은 안전한 장소가 되었을지는 몰라도, 사실상 추락한 건 색종이나 장난감이 아닌 '거리의 소리'와 함께 살고 싶었던, 세상 속으로 뛰어들고 싶었던 단 하나의 의지였다.

꿈

〈빛의 영역〉은 제목에서 유추할 수 있듯, 각 단편에 밤의 어두움에 관한 인상이 진하게 표현되어 있다. '목소리'에서는 불꽃놀이의 자그마한 불꽃 폭발을 그리고 있지만, 그 주위로는 압도적 어둠이 펼쳐져 있음을 쉽게 알아챌 수 있다. 어두우면 어두울수록 더욱 빛나는 빛. '빛의 영역'이라는 건, 어둠에 필사적으로 저항하려는 작은 불꽃이 뿜어낸 밝음을 뜻하는 건지도 모른다. 〈빛의 영역〉의 소설에는 자면서 꾸는 꿈에 관한 묘사가 상당히 많다. '새의 꿈' 서두에 나온 꿈과 같이 성적인 것도 있고, '목소리'에서의 아파트 10층에서 추락한 남자아이의 목소리를 듣는 백일몽 같은 환청이 등장하기도 한다. 낮과 밤을 가리지 않고, '나'는 늘 꿈의 습격을 받는다. 현실 세계가 아닌 다채로운 꿈의 세계에서 살아가는 존재처럼.

'주문'의 서두에서도 꿈이 등장한다. '초록색 단상 위에 딸이 누워 있고 나는 울고 있는' 꿈이다. 어째서 너는 엄마이면서 제시간에 아이를 데리러 오지 않았느냐고, 그래서 '이런 일'이 벌어진 거라고 '나'를 책망하며 울부짖는 아이 아빠의 모습이 등장한다. 그건 분명히 내가 꿈에서 딸의 죽음을 본 것이다. 엄마는 비밀스레 아이의 죽음을 꿈에서 보고, 아이 역시 엄마나 아빠의 죽음을 꿈에서 본다. 물론 그건, 꿈에서 깨어난 후의 현실에서는 절대 용인할 수 없는 '꿈'의 세계에서 일어난 일일 뿐이다. 엄마가 단 한 순간이라 할지라도 아이의 죽음을 꿈에서 볼 리 없다고……. 그러나 밤과 어둠의 세계에서는 그 암흑 속으로 어떤 것이 가라앉을지 알 수 없다. '나' 안에 자리잡은 욕망과 소망은, 꿈의 회로에서 헤엄쳐 나오지 않는 한 형상화되는 일은 일어나지 않는다.

꿈속에서는, 죽은 자와 산 자가 함께 만나는 일도 가능하다. '지표'에 등장한 꿈에서 '나'는 방 안으로 숨어들어 등을 보인 채 앉아 있는 남자에게 다가간다. 그 남자의 등에 매달려 남자의 몸이 '나'의 무게를 받치고, 바닥에 함께 눕는 체험을 한다. 그건 이 세상의 내가 절대로 만날 수 없는 존재, '나'란 존재가 태어남과 동시에 죽은 아빠의 등이었다. '죽은 자가 돌아와 얼굴을 마주하는 일은 산 자에게 있어 허락되지 않는 행위'라고 '나'는 생각한다. 아직 어린 아이였던 '나'에게 그건 무서운 꿈이었다. 그러나 공포에 떨면서도 그곳에서 '그걸 맛본 것에 죄책감을 느끼지 않을 수 없을 정도의 쾌감'이기도 했다.

죽은 자가 산 자처럼 꿈을 꾸는 일도, 산 자가 죽은 자와 같이 꿈을 꾸는 일도 현실에서는 일어나지 않지만, 꿈은 그러한 각성이 논리나 상식으로 판단되는 세계가 아니다. 산 자가 죽은 자와 조우하고, 그곳에서 빛과 그림자가 교착되는 듯 '삶'과 '죽음'이 얽혀, 나아가 공포와 쾌감을 동시에 느끼게 된다. 현실 세계가 꿈으로 침투하고 꿈은 현실에 의해 색이 바랜다. 그러나 소설이라는 허구의 세계에서는 현실과 꿈이 명료한 윤곽을 가지고 있으면서도 그 경계는 뚜렷하지 않다. 어디서부터 어디까지가 현실이고 어디서부터 어디까지가 꿈인가, '삶'이 '죽음'을 내포하고, '죽음'과 '삶'은 대척점에 있는 존재가 아니다. 이것이 평행우주다.

'나'는 태어나자마자 아빠를 잃은 딸이면서, 자신의 딸에게서 아빠를 빼앗은 엄마다. 아빠와 딸, 딸과 엄마의 관계에서 시간의 간극을 제외하면 닮은 꼴인 셈이다. 삶 이전과 죽음 이후가 중간 지점을 경계로 포개어진 것과 유사하다. '나'가 보는 아빠의 꿈과 딸의 꿈 이 두 가지는, 빛과 그림자, 꿈과 현실, 삶과 죽음이라는 두 존재가 서로에게 침투해 섞이고 번지는 세계라고 할 수 있다. '나'

와 딸 둘이 들어가려는 집은, 딸에게는 엄마 배 속과 같은 공간인 동시에 '나'에게도 사궁 속에 담겨있는 듯한 체험을 하게 만드는 장소다. 물론 그곳은 이 세계에서 저 세계로 열린 공간이기도 하다. 자폐적인 공간이 그대로 사회를 향해 열려버리고 만, 불안정하고 혼란한 다공질의 공간이 된 것이다. 엄마와 딸이 살고 있는 4층 건물의 꼭대기 층에 있는 집은, 그런 사적인 공간과 '세계'가 맞서고 있는 전쟁터와도 같다. '나'가 그곳을 거주공간으로 삼아 일 년을 산 건, 생존 체험에 해당하는 일이기도 하다. '빛의 영역'은 빛으로 가득한 곳이 아닌, 차라리 '어둠의 세계'다. 캄캄한 밤하늘에 떠 있는 작은 별의 집, 그곳이야말로 우리 눈에 비친 선명한 '빛의 영역'일 것이다.

역자의 말

〈확고한 빛의 영역〉

일본어 전공자도 아니고, 일본어와 관련해 대단한 경력도 없는 내가 쓰시마 유코의 연작소설 〈빛의 영역〉 번역을 덜컥 수락한 이유는 한 가지만이 아니다. 하나뿐인 딸을 키우는 싱글맘이라는 소설 속 주인공의 처지가 나와 비슷해 감정이입을 한 것도 있지만, 결정적인 이유는 소설의 제목 때문이었다.

전남편과 별거를 시작하고 지은 지 20년쯤 된 방 두 칸짜리 복도식 아파트에 아직 어린 딸과 나만 남겨졌을 때 나는 참 엉망이었다. 한동안 거의 매일 밤 술이나 수면제 따위에 의존해 불안과 불면의 밤을 견디고는 했다. 집은 점점 그늘이 잠식하기 시작했다. 청소를 소홀히 해 여기저기 불결했으며, 호더증후군 기질 탓에 집

212

안 곳곳 온갖 물건들이 산처럼 쌓여갔다. 책, 아이 장난감, 옷가지, 그릇, 술병, 간식 부스러기가 한 덩어리를 이루어 정체를 가늠하기 어려운 존재가 되었다. 치우는 방법이 떠오르지 않았고, 치울 에너지도 당시의 내게는 없었다. 집은 늘 어둡고 축축했다.

지난했던 소송이 끝나 정식으로 이혼이 확정된 후 나는 딸과 함께 내 부모님 집으로 들어가기로 결정했다. 일단 결정을 내리고 나니 하루라도 빨리 그 아파트를 떠나고 싶었다. 많은 덩어리를 해체해 버리고, 버리고, 또 버렸다. 이삿짐을 트럭에 다 옮기고 남은 잔해들을 치우려 텅 빈 아파트 현관에 들어선 순간의 광경을 잊을 수가 없다. 뭐라 말할 수 없을 정도로 밝은 빛이 베란다 창문을 통해 무수히 쏟아져 들어와 거실을 가득 채우고 있었다. 그 낯선 광경에 일순 사고가 정지되면서 그대로 바닥에 주저앉아 엉엉 울기 시작했다.

한때는 단란을 꿈꾸던 집, 닦고 정리하며 가꾸던 집, 그곳을 어두운 공간으로 만든 장본인은 그 누구도 아닌 나였음을. 이렇게나 밝고 따스한 곳이었다는 자각이 슬펐다. 거실 한가운데 모여 있던 '빛의 영역'이 지금도 기억에 생생하다. 좌절과 희망을 동시에 준 광경, 채움으로 단단해지는 시기가 있듯 비움으로 깨달음을 얻는 순간도 있다는 것을.

지나친 빛은 눈을 멀게 한다.

짙은 어둠은 시력을 무용하게 만든다.

이혼 후에도 한동안 목적을 상실한 부표처럼 출렁였지만 결국 길을 잃지 않고 나아갈 수 있었다. 아이는 빛처럼 밝게 자라주었고, 나는 글을 쓰는 사람이 되었다. 글은 내게 생계수단은 아니다. 글 쓰는 사람이 되는 것은 어린 시절부터의 내 꿈 중 하나가 맞지만, 글이 내 삶의 유일한 희망이라고 여기지는 않는다. 그러나 글은 확고한 '빛의 영역'이다. 쓰시마 유코의 〈빛의 영역〉을 번역하는 시간은 그 사실을 다시금 확인하는 시간이었다. 나를 조금더 확고한 빛의 영역으로 한 발 더 다가가게 해준 이 소설을 읽는이들에게도 그 마음이 부디 전해지길 바라며, 이런 기회를 선사해준 마르코폴로 출판사와 한결같은 응원으로 주춤거리는 내 등을떠밀어준 페이스북 친구들에게 이 지면을 통해 감사인사를 전해본다.

빛의 영역

1판 1쇄 찍음 2023년 3월 25일
1판 1쇄 펴냄 2023년 3월 30일

지은이　쓰시마 유코
교열　　황진규
편집　　김효진
디자인　위하영
펴낸곳　마르코폴로

등록　　제2021-000005호
주소　　세종시 다솜1로9.
이메일　laissez@gmail.com

ISBN　979-11-92667-07-2 03830